IQ探偵《アイキューたんてい》ムー

秘密基地大作戦《ひみつきちだいさくせん》〈下〉

作《さく》◎深沢美潮《ふかざわみしお》　画《が》◎山田J太《やまだじぇいた》

ポプラ社

「ふわぁ……す、すごいね」

瑠香もびっくりして、元の腕を引っ張った。

元も小林も言葉をなくし、立ちつくすだけ。

白い陶器のほっそりしたキツネが所狭しと置かれていたのだ！

大きさは千差万別。

目《もく》次《じ》

★登場人物紹介《とうじょうじんぶつしょうかい》●●●

杉下元《すぎしたげん》

小学五年生《しょうがくごねんせい》。好奇心旺盛《こうきしんおうせい》で、推理小説《すいりしょうせつ》や冒険《ぼうけん》ものが大好《だいす》きな少年《しょうねん》。ただ、幽霊《ゆうれい》やお化《ば》けには弱《よわ》い。夢羽《むう》の隣《となり》の席《せき》。

茜崎夢羽《あかねざきむう》

小学五年生《しょうがくごねんせい》。ある春《はる》の日《ひ》に、元《げん》と瑠香《るか》のクラス五年一組《ごねんいちくみ》に転校《てんこう》してきた美少女《びしょうじょ》。頭《あたま》も良《よ》く常《つね》に冷静沈着《れいせいちんちゃく》。

ダイジロウ

元《げん》が捕《つか》まえたカブトムシ。

ラムセス

夢羽《むう》といっしょに暮《く》らすサーバル・キャット。

小林聖二《こばやしせいじ》

五年一組《ごねんいちくみ》の生徒《せいと》。クラス一頭《いちあたま》がいい。

大木登《おおきのぼる》

五年一組《ごねんいちくみ》の生徒《せいと》。食《く》いしん坊《ぼう》。

河田一雄《かわだかずお》、島田実《しまだみのる》、山田一《やまだはじめ》

五年一組《ごねんいちくみ》の生徒《せいと》。「バカ田《ダ》トリオ」と呼《よ》ばれている。

峰岸愁斗《みねぎししゅうと》

イケメンの刑事《けいじ》。背《せ》が高《たか》くて、茶髪《ちゃぱつ》。

江口瑠香《えぐちるか》

小学五年生《しょうがくごねんせい》。元《げん》とは保育園《ほいくえん》の頃《ころ》からの幼《おさな》なじみの少女《しょうじょ》。すなおで正義感《せいぎかん》も強《つよ》い。活発《かっぱつ》で人気《にんき》がある。

内田薫《うちだかおる》

峰岸《みねぎし》の部下《ぶか》の婦警《ふけい》。

末次要一《すえつぐよういち》

五年一組《ごねんいちくみ》の生徒《せいと》。

★銀杏《いちょう》が丘《おか》市《し》MAP
農業高校
吉野湯
自動車工場
久美の家
営プール
咲
間
川
第二小
第二中
喫茶ナイアガラ
警察署
国道
カムパネルラ商会

裏山
島田の家
五部林公園
愛子が淵
和野戸神社
瑠香の家
夢羽の家
元の家
第一中
第一小
エリーゼ女子大
寿万寺
あけぼの湯
N
ギンギン商店街
コミュニティ
センター
薬局
寿湯
図書館
州子稲荷

★上《じょう》巻《かん》のあらすじ ●●●

夏休《なつやす》みも半分《はんぶん》過《す》ぎたある日《ひ》。テレビ番組《ばんぐみ》『スパイ凸凹大作戦《でこぼこだいさくせん》』を見《み》て、元《げん》は夏休《なつやす》みの思《おも》い出《で》に秘密基地《ひみつきち》を作《つく》ろうと思《おも》い立《た》つ。さっそく、クラスメイトの小林《こばやし》と大木《おおき》に相談《そうだん》。ふたりとも大賛成《だいさんせい》! 小林《こばやし》のアイデアでツリーハウスを作《つく》ることにした。

裏山《うらやま》に作《つく》ることを決《き》め、ふさわしい木《き》を探《さが》している最中《さいちゅう》、元《げん》はカブトムシを捕《つか》まえる。ダイジロウと名付《なづ》けた。しかし、バカ田《ダ》トリオに先《さき》を越《こ》され、裏山《うらやま》に秘密基地《ひみつきち》を作《つく》られてしまう。

どうしようか悩《なや》む元《げん》たちは夢羽《むう》と瑠香《るか》に相談《そうだん》した。夢羽《むう》のアイデアで、夢羽《むう》の家《いえ》の木《き》に作《つく》ることにした。

ようやく完成《かんせい》!　元《げん》たちはお気《き》に入《い》りの物《もの》をツリーハウスに持《も》ってきた。元《げん》は図書館《としょかん》から借《か》りた『銀杏《いちょう》が丘《おか》の歴史《れきし》』などの本《ほん》を持《も》ちこんだ。

数日後《すうじつご》、元《げん》の家《いえ》に図書館《としょかん》から電話《でんわ》がかかってきた。『銀杏《いちょう》が丘《おか》の歴史《れきし》』をすぐ返却《へんきゃく》するようにと。その夜《よる》、元《げん》はツリーハウスに本《ほん》を取《と》りに行《い》った。その時《とき》は何《なん》の変化《へんか》もなかったのだが……。

翌朝《よくあさ》──。一番《いちばん》にやってきた瑠香《るか》は、ツリーハウスの中《なか》が荒《あ》らされていることを発見《はっけん》!

いったい誰《だれ》がこんなことを!? 何《なに》が目的《もくてき》なのか?

秘密基地大作戦《ひみつきちだいさくせん》〈下〉

★犯人《はんにん》は誰《だれ》だ!?

1

ミーンミンミンミ――――ン!!

元気いっぱいにセミが鳴いている。

夢羽《むう》の家の庭、どこの木にとまっているのかはわからないが、きげんよく大合唱だ。

それと比《くら》べて元気がないのは、元《げん》たち。

せっかく作ったツリーハウスをメチャクチャにされ、みんなすごくショックを受けていた。

特に大木《おおき》は凹《へこ》んでいた。

ポテトチップスやクッキー、カップヌードルなど、たくさん持ってきていた食料品まで荒《あ》らされていたからだ。

「いったい……誰《だれ》よ。こんなことしたの！」

瑠香《るか》がプーっと頬《ほお》をふくらませ、腕組《うでぐ》みをする。

とはいえ、みんなの頭にすぐ浮《う》かんだのは「バカ田《ダ》トリオ」だった。

彼《かれ》らの嫌《いや》がらせという線は濃厚《のうこう》だ。

「まさかねぇ……」

瑠香《るか》は首を振《ふ》った。ツインテールにした髪《かみ》もクルンクルンとゆれる。

「いくらなんでも、他人《ひと》んちの庭にまで忍《しの》びこんで、そんなことするかなぁ。いくらバカ田《ダ》トリオでも……」

小林《こばやし》も首を傾《かし》げ、みんなを見回した。

「昨日《きのう》、夕方見た時にはだいじょうぶだったもんな。それから、誰かここに来た？」

この質問《しつもん》に、ドキンとなったのは元《げん》だ。

昨日……夜、こっそり忍びこんで、図書館の本『銀杏《いちょう》が丘《おか》の歴史《れきし》』と『三銃士《さんじゅうし》』を取りに来たからだ。あの時は何も異常《いじょう》はなかった。ちなみに、本は二冊《さつ》とも夢羽《むう》の家に来る前に図書館に返しておいた。

この時、ちゃんと正直に言えばよかったと、後でどれだけ思ったことか。

だが、なぜか言い出せず、黙《だま》ったまま首を傾《かし》げてしまった。

そんな元《げん》のようすを夢羽《むう》が不思議そうに見ていた。

目が合って、元《げん》はあわてて帽子《ぼうし》を深くかぶった。

夢羽《むう》のことだ。全部、お見通しなのではないだろうか!?

いやいや、いくら彼女《かのじょ》だってそんなはずはない……。

ん？　しかし、ここは彼女の家の庭なのだ。昨日《きのう》の夜、こっそり元《げん》が忍《しの》びこんでいるところを目撃《もくげき》されていたら……？

チラっと思ったが、彼女は何も言わない。

そんな夢羽《むう》に瑠香《るか》が聞いた。

「夢羽《むう》、誰《だれ》か見た？　バカ田《ダ》トリオとか」

やっぱりその線がぬぐいきれないらしい。

夢羽《むう》はほっそりした肩《かた》をすくめた。

「ううん、見てないな。朝、来たなら塔子《とうこ》さんが知ってるだろうけど」

夢羽《むう》の叔母《おば》、塔子《とうこ》は瑠香《るか》が発見した時にいて、ツリーハウスの惨状《さんじょう》を見て、大いにびっくりし、怒《おこ》っていた。

「誰《だれ》デスカ!? こんなことして。タダじゃおきませーん!」

と。だから、彼女《かのじょ》も知らないはずだ。

「何か手がかりないかな……」

瑠香《るか》は名探偵《めいたんてい》のように偉《えら》そうな口調で言い、周囲に目をこらした。

残念ながら足跡《あしあと》もなかったし、手がかりになるようなものも落ちていないようだ。

散々《さんざん》、あちこち見てまわった後に彼女はパンと手をたたいた。

「そうだ！ いいこと、考えた。ねぇ、またコーキチに捜《さが》してもらわない？ きっと匂《にお》いが残ってると思うのよね。これだけ荒《あ》らし回《まわ》ったんだもん」

コーキチというのは、以前の事件《じけん》で知り合ったおじさんの家で飼《か》っている雑種犬《ざつしゆけん》。かなりの高齢《こうれい》なので、昼寝《ひるね》が一番の楽しみ。朝晩《あさばん》の散歩もほどほどで結構《けつこう》ですという老犬なのだ。

　だから、時々、こうして瑠香《るか》や元《げん》が連れ出すことははっきり言って迷惑《めいわく》以外の何ものでもなかった。

　もし、今、コーキチに超能力《ちょうのうりょく》があって、瑠香《るか》の言葉を聞いていたとしたら、「冗談《じょうだん》でしょ!?」と、目を丸くして断然抗議《だんぜんこうぎ》しただろう。あるいは、犬小屋の奥《おく》に逃《に》げこみ、居留守《いるす》を決めこむか。

　でも、彼《かれ》にとって幸運だったのは、今日《きょう》は学校のプールで水泳の検定《けんてい》試験がある日だったということ。

　夏休みの間を利用して、何回か検定試験がある。

　そのうち、何回でも受けていいのだが、一発で通る自信のない子供《こども》はできるだけ受けておいたほうがいい。

「そっか。でも、学校行かなくっちゃね！　コーキチに頼《たの》むのは後回しにして、とりあえずプールに行かない？」

急に検定《けんてい》試験のことを思い出した瑠香《るか》が言った。

それをもしコーキチが聞いていたら、ホッと胸《むね》をなでおろしただろう。

「そうだな。それに、きっとバカ田《ダ》トリオたちも来るだろうから、それとなく聞いてみてもいいね」

小林《こばやし》が賛成《さんせい》した。

「やっぱりやつらじゃないのかぁ？　ここにツリーハウスを作ったの、知ってたみたいだし」

と、大木《おおき》が言う。

知ってたみたい……と、まるで他人《ひと》ごとのように言っているが、バカ田《ダ》トリオたちに自慢《じまん》したのは大木《おおき》本人だった。

例の裏山《うらやま》にバカ田《ダ》トリオが作った秘密基地《ひみつきち》は、夕立《ゆうだち》でボロボロになってしまったらしい。

段《だん》ボール箱を組み合わせて作っただけだったから、当たり前なのだが。

彼《かれ》らは、夢羽《むう》の家に作った元《げん》たちのツリーハウスのことをものすごくうらやましがっていた。ちなみに、元《げん》たちのツリーハウスはテントの屋根とビニール袋《ぶくろ》で覆《おお》ったおかげで、雨が降っても平気だった。

……やっぱり彼らなのかな。

元《げん》もそう思ったが、ゆうべのことがあるので何も言えないでいた。

「元《げん》、どうかした？　なんか元気ないな。腹《はら》でもこわしたのか？」

大木《おおき》に聞かれ、元《げん》はあわてた。

「いや、そうじゃないよ。ちょっとショックだったからさ」

「そうだよな……うん、あれはひどい」

「……うん」

大木《おおき》と小林《こばやし》には、後でこっそり言っておこうかな。

元《げん》はそう思ったのだが、結局はその機会がなかったのである。

2

学校のプールは、日に焼けた生徒たちでごった返していた。

朝の十時から昼までは、四年生と五年生の検定試験《けんていしけん》。みんな水泳帽《すいえいぼう》に、赤や白、黒、黄色といった色とりどりのワッペンを貼《は》っていた。

水泳の検定レベルによってワッペンの色が違《ちが》うのだ。

元《げん》と小林《こばやし》は黒三級。一番上が黒一級だから、もう少しというところ。

大木《おおき》と瑠香《るか》は黄色三級。黒よりもひとつ下の級である。

夢羽《むう》は検定試験を受けたことがなかったから、何も貼っていない。

でも、きっといきなり合格《ごうかく》するんだろうなぁとみんな思っていた。

ほっそりした体つきだが、体育もいい成績《せいせき》だし、夏休み前何度かプールで泳いだ時もきれいなフォームで泳いでいたからだ。

真夏のプールは、太陽の光を受け、きらきらとまぶしくきらめいている。

「おーい、検定受ける生徒は、こっちに並《なら》びなさい！」

体育教師《きょうし》の水谷《みずたに》が叫《さけ》んだ。

ピッチリした小さな水泳パンツをはいた彼《かれ》は、まるでボディビルの選手のようだ。

筋肉自慢《きんにくじまん》の彼のあだ名は「筋肉先生」。

決してほめているわけではないが、水谷《みずたに》自身は気に入っているらしい。

「筋肉先生！　帽子《ぼうし》忘《わす》れたんだけどー！」

などと、生徒に言われても、「おう、いきなり忘れ物か!?」と、嫌《いや》がりもせず返事をしていた。

こうして、始まった検定《けんてい》試験だったのだが……、元《げん》の結果は散々だった。

やっぱりツリーハウスのこと、そしてゆうべのことが気にかかってそれどころじゃなかったからだ。

「おいおい、どうしたぁー？　アホみたいな顔して」

バカ田《ダ》トリオのひとり、島田《しまだ》が声をかけてきた。

彼《かれ》はまだ黄色二級だ。

「アホみたいだぞ」

幼《おさな》い顔の山田《やまだ》が同じように言う。

ふだんだったら、言い返すところだが、元《げん》としてはどういう顔をしたらいいかわからない。

バカ田《ダ》トリオのリーダー、河田《かわだ》は遅刻《ちこく》したらしく、そこにはいない。島田《しまだ》と山田《やまだ》、ふたりだけだった。

そこに、瑠香《るか》と大木《おおき》がやってきた。

彼女《かのじょ》たちも試験は受からなかったらしい。

「ちょっとぉー、あんたたち、何か言うことはないの？」

腰《こし》に手を置いて、小さなあごをクイっと上げる。

「へ？　何を？」

島田《しまだ》が聞く。

「胸《むね》に手をあてて、よ——く考えてみることね！」

瑠香《るか》が言うと、島田《しまだ》も山田《やまだ》もおどけた調子で胸に手をあて、「うぅぅむ」と、うなってみせた。

「まったく。救いようがない連中ね。あのさ、わたしたちのツリーハウス、あれ、メチャクチャにしたの、あんたたちじゃないの？」

それとなく聞こうってことだったのに、直球の瑠香《るか》にそんなことができるわけがない。

島田《しまだ》たちは顔を見合わせ、聞き返した。

「おい、そういうのをヌレガサって言うんだぞ！」

「ヌレガサだぞ!!」

ふたりは顔をまっ赤《か》にして反論《はんろん》した。

「それ言うなら、ヌレギヌだよ」

大木《おおき》が言った。

すると、島田《しまだ》はぶ然《ぜん》とした顔で言い返した。

「ちょ、ちょっと合ってるからいいじゃないか。あのな！　それにだいたい、おまえらのリリーハウスがメチャクチャになってるなんて、知らねぇよ。なんだ、そりゃ!?」

「リリーハウスじゃなくて、ツリーハウス！」

瑠香《るか》は言い直しながら、本当に彼《かれ》らじゃないのかな？　と思った。

そして、ツリーハウスが今朝《けさ》見たらメチャクチャにされていたという話をした。

「どうしたの⁇」

「ケンカか⁇」

他《ほか》の生徒たちも集まってきた。

「ううん、そうじゃないけどさ……」

瑠香《るか》がみんなにも説明する。

「じゃあ、最後に見た時には何もなかったわけだよね？　犯人《はんにん》は昨日《きのう》の夜か、今朝《けさ》、来たってわけ？」

末次要一《すえつぐよういち》が聞く。彼《かれ》は塾通《じゆくがよ》いをしていて、以前、その塾の帰りに怪《あや》しいものを見て、夢羽《むう》に相談《そうだん》したことがある。

いよいよ昨日の話はできないなと元《げん》は思った。そのとたん、胃がシクシク痛《いた》くなってきた。

その時、末次《すえつぐ》が元《げん》を指さして言った。

「だったら、犯人《はんにん》は元《げん》なんじゃないのか？」

「はぁぁぁ⁇」

瑠香《るか》が聞き返す。

「どういうことよ？」

「だ、だって、オレ、見たんだもの。昨日《きのう》の夜、塾《じゅく》の帰りに……茜崎《あかねざき》んちの庭からこっそり出てくる元《げん》を。懐中《かいちゅう》電灯とか持っちゃってさ。足音たてないように、コソコソしてたから。何してんだろうって思ったんだ」

元《げん》は、クタクタと全身の力が抜《ぬ》けていくのを感じた。

3

「あははは、まっさかぁ！　見間違《みまちが》いよ」

瑠香《るか》は大声で笑った。

すると、末次《すえつぐ》がまっ赤《か》な顔でツバを飛ばしながら言った。

「見間違《みまちが》いじゃないぞ。いつも着てる元《げん》の服だったし、顔だってチラっとだけど見えたんだ！」

「そんなわけないじゃん。でしょ？」

瑠香《るか》が聞く。

だが、元《げん》はなんと返事をしていいやら……。

彼《かれ》がうつむき、おし黙《だま》っていると、

「うそ!!　本当なのぉぉ??　どういうことなのぉぉ？」

瑠香《るか》は声を低くして元《げん》に詰《つ》めよった。

そこに、検定《けんてい》試験を終えて、夢羽《むう》と小林《こばやし》がもどってきた。

ふたりとも試験に合格《ごうかく》し、さらに一級上の試験も受けていたのだ。

小林《こばやし》は黒一級に昇級《しょうきゅう》、夢羽《むう》は初めて受けたというのに黒三級に合格し、その上の黒二級にも合格した。

「どうかしたの？」

小林《こばやし》が聞くと、大木《おおき》がため息をつきながら説明した。

「本当なのか？」

小林《こばやし》も信じられないという顔だ。

「本当だよ！　オレ、ちゃんと見たもんな。へへへ、こういうのを『灯台もと暗し』って言うんだぜ！」

末次《すえつぐ》が得意げに言う。

今やすっかりスター気取りだ。

「よけいなこと、言わなくていいの！」

瑠香《るか》がポカっと末次《すえつぐ》の頭をたたいた。

「いて！　な、なんだよぉぉ!!」

「あ、大変だ。元《げん》のやつが犯人《はんにん》だったんだ！」

「犯人犯人！」

島田《しまだ》と山田《やまだ》が大声で言った。

その時、遅刻《ちこく》してきた河田《かわだ》が顔中好奇心《こうきしん》でいっぱいにしてやってきた。

「どうしたどうしたどうしたどうしたどうしたどうした……？？？」

元《げん》も瑠香《るか》も小林《こばやし》も大木《おおき》も、心底うんざりした顔になる。

ひとり冷静な顔の夢羽《むう》が言った。

「とりあえず、帰ろうか。ちょっと調べてみたいことがある」

その一言に救われ、元《げん》たちは騒然《そうぜん》となっているみんなの追及《ついきゅう》を逃《のが》れるようにして去った。

「ねぇ、どういうこと？　ちゃんと話してよ。まさか元《げん》くんが犯人《はんにん》ってわけじゃないでしょ」

夢羽《むう》の家に向かいながら、瑠香《るか》が聞く。

まだ髪《かみ》が濡《ぬ》れていて、歩くたびに水滴《すいてき》が飛んでいる。

「ち、ちがうよ！　オレが行った時は何も異常《いじょう》はなかったんだ」

口をへの字にして、元《げん》は言った。

「じゃあ、なぜ最初から言わなかったのよ」

「そ、それは……いや、後で言うつもりだったんだけど……」

と、口ごもる。

「まぁ、いいじゃん。元《げん》も言い出すキッカケがなかっただけなんだろうし」

小林《こばやし》が助け船を出してくれた。

いつもはサラサラの髪《かみ》も、今は濡《ぬ》れていてオールバックにしている。こうしていると、ずいぶん大人《おとな》っぽく見えた。

元《げん》は小林《こばやし》の肩《かた》に取りすがった。

「そう！　そうなんだよ。なんか……こう、チャンスがなくってさ」

「でも、説明はしてくれよ。なぜ、夜にこっそり行ったりしたんだ？」

「それはさ……」

元《げん》は、みんなにゆうべからの話をした。

それを聞いて小林《こばやし》が首を傾《かし》げた。

「なんか……変だな。図書館ってさ。オレも勘違《かんちが》いして、本を返しそびれたことあるから知ってるけど。二週間くらいたたないと、電話とかかけてこないぜ？　まして、その本、延滞《えんたい》してなかったんだろ？」

「そうそう！　そうなんだ。来週、返せばいいはずなのに……」

「ふむ。手違《てちが》いだな、きっと。いや、それに……妙《みょう》だな。延滞《えんたい》した場合は、まずハガキが来るんだぜ。二週間くらいたってからだけど。電話じゃないはずだ」

「そうなんだぁ!?」

ふたりの話を聞いていた夢羽《むう》がポツリと言った。

彼女《かのじょ》も長い髪《かみ》が濡《ぬ》れたままで、ポニーテールにしている。

「単なる手違いじゃないのかもしれない」

「どういうこと？」

瑠香《るか》が聞くと、夢羽《むう》は小さく首を振《ふ》った。

「さあ……。誰《だれ》かがその本を早く返してほしかったのは事実だな。と、なると……急がなくちゃいけない」

「急ぐ？」

「そうだ。元《げん》、その図書館、どこにあるんだ？」

「え⁇　あ、ああ、駅前の図書館だけど？」

元《げん》が答えると、夢羽《むう》はみんなに言った。

「まぁ……考えすぎかもしれないけど。とにかく時間がない。これから図書館へ行こう」

昼食前だったが、取るものも取りあえず、元《げん》たちは図書館へと走った。

走りながら、元《げん》はなんだかうれしかった。

みんな元《げん》のことをまったく疑《うたが》ったりしなかったからだ。

4

「ないなぁ……ここの本棚《ほんだな》なんだけど」

『銀杏《いちょう》が丘《おか》の歴史』があった本棚を見て、元《げん》が言った。

地域《ちいき》の資料集《しりょうしゅう》の棚で、人気《にんき》がないらしく、借りようとする人は誰《だれ》もいない。

元《げん》の借りた本のあった場所だけポッカリ空《あ》いていた。

「手遅《ておく》れだったのかな……」

大木《おおき》が言う。

誰《だれ》か……たぶん、元《げん》に電話をかけてきた人がもう借りてしまったのかなという意味だ。

「んー、でも、元《げん》、今朝《けさ》返したんだよな？　その本」

小林《こばやし》に聞かれ、元《げん》はまだ本を探《さが》しながら答えた。

「そうだよ。まだ図書館開いてなかったから、返却《へんきゃく》ポストに入れておいたんだ」

返却ポストというのは、図書館の入り口の脇《わき》にあって、早朝や夜、休日など、時間外の時にでも返せるようになっている。

「じゃあ、まだ本棚《ほんだな》にはもどってないんじゃないかな」

というわけで、みんなでゾロゾロと受付のほうに移動《いどう》した。

銀杏《いちょう》が丘《おか》の駅前図書館は、まさしく駅の前にある。

銀杏《いちょう》が丘銀座《おかぎんざ》……略《りゃく》してギンギン商店街の西側にある新しいビル、コミュニティセンターの地下一階から地上二階までが図書館になっている。

少し前までは、ものすごくクラシックな木造《もくぞう》の図書館だったのだが、最近、引《ひ》っ越《こ》してきたのだ。

今では、コンピュータで本の検索《けんさく》もできるし、CDやDVDの視聴《しちょう》ができる施設《しせつ》もある。

小さいけれど、講演会《こうえんかい》や落語、ピアノのコンサートなどができるスペースもある。受付もピカピカで、ついこの前までの木造《もくぞう》の図書館がウソのようだ。

でも、働いている人たちはみんな同じ人たちなので、なんだか不思議な感じがする。

元《げん》は、木村《きむら》という若《わか》い女性《じょせい》に声をかけた。

髪《かみ》を後ろでひとつ結びにして、白いシャツに紺色《こんいろ》のスカート、その上にブルーのエプロンをしている。

エプロンの胸《むね》に「木村《きむら》」と書かれた名札を付けていた。

木村《きむら》は、白い台の上に山積みにされた本を整理していた手を止め、笑顔《えがお》を向けてくれた。

「えっと……その、今朝《けさ》早く、表のポストに本を返したんですけど……えっと、あ、そうだ。ちょっと確《たし》かめたいことがあって。やっぱり、もう一度見せてもらえませんか?」

元《げん》が汗《あせ》をかきかき、そう言うと、木村《きむら》は気持ちよく了解《りょうかい》してくれた。

「返却《へんきゃく》ポストにあった本はね。こっちに全部まだあるのよ」

そう言うと、奥《おく》から茶色い箱を出してきてくれた。そのなかには、さまざまな本が放りこんであった。

「えーっと、『三銃士《さんじゅうし》』？　きみ、冒険《ぼうけん》小説が好きなのね」

「え??」

元《げん》がびっくりすると、木村《きむら》はにっこり笑った。

「低学年の頃《ころ》からいっぱい借りてくれてるからね。もう覚えちゃった。杉下元《すぎしたげん》くんだよね」

「は、はい……！」

顔がまっ赤《か》になるのが自分でもわかる。

「『三銃士《さんじゅうし》』、何度も借りてくれてるでしょ？　好きなのねぇ！」

「え、ええ……まぁ。あ、でも違《ちが》うんです！」

「え？」

「いえ、あの……探《さが》してるのはもう一冊《さつ》のほうの本で。『銀杏《いちょう》が丘《おか》の歴史』っていう本で」

元《げん》の言葉に、木村《きむら》の手が止まった。

「あったわ！　これでしょ」

『銀杏《いちょう》が丘《おか》の歴史』は分厚《ぶあつ》くて、古い本である。本の外側も全部ビニールで覆《おお》われていた。

「そう、それです！」

本を渡《わた》されて、元《げん》はふと思いついて確《たし》かめたくなった。

もちろん、昨日《きのう》、電話をしたかどうかである。

「あ、あの……」

「ん？　なぁに？」

木村《きむら》が笑顔《えがお》で聞き返す。

うわぁ、なんかすっごく優《やさ》しい人なんだな、この人。それに、いい匂《にお》いがする。

元《げん》は別の意味でドキドキしてしまった。

電話のことなんて聞いていいんだろうか……？　変に思われないかな。

「え、えっと……」

元《げん》がパニックになっていると、夢羽《むう》が隣《となり》に立った。

「あの……、この本、今、借りるとしたら、どうすればいいんですか？」

「元《げん》くんが、また借りるってこと？」

夢羽《むう》のほうを見て、木村《きむら》が聞いた。

「いえ、わたしが借りたいんです」

「ああ、そうなの。だったら、図書館カードをください。今、ここで手続きをしますよ」

夢羽《むう》は小さく首を傾《かし》げた。

「それが……わたし、まだ図書館カード、持っていないんです。カードを作っていただくのには時間がかかるもんなのですか？」

「ううん、そんなことないわよ。でも……何か住所がわかるもの、持ってる？　保険《ほけん》証《しょう》とか」

「あ、夢羽《むう》、もしよかったら、わたしが借りよっか？　図書館カード持ってるけど？」

と、瑠香《るか》が口をはさんだが、夢羽《むう》は微笑《びしょう》した。

「いや、だいじょうぶだ。これを機会に図書館カードを作っておきたいからね。身分《みぶん》証《しょう》ですね。それだったら持っています」

夢羽《むう》はそう答えると、バッグのなかから例のシステム手帳を取り出した。

彼女《かのじょ》がいつも持っている優《すぐ》れものの手帳だ。

なかには、スケジュール帳、メモ帳、電卓《でんたく》、巻《ま》き尺《じゃく》、定規《じょうぎ》、付箋紙《ふせんし》、地図、虫眼鏡《むしめがね》……、何に使うのかよくわからないものも含《ふく》め、ありとあらゆる便利グッズがコンパクトに収納《しゅうのう》されていた。

保険証《ほけんしょう》もなかのカードホルダーに入っていて、元《げん》たちはびっくりしてしまった。

小学生なのに、自分の保険証を持ち歩いているなんて！

夢羽《むう》はその場で図書館カードを作ってもらい、さっそく『銀杏《いちょう》が丘《おか》の歴史』を借りたのである。

5

元《げん》たちはその本を持って、二階の閲覧室《えつらんしつ》に行った。

明るい日差しが窓《まど》から差しこんでいて、お昼時の会社員や学生が静かに本を読んだり勉強をしたりしている。

ズラリと白木のテーブルが置かれ、壁《かべ》には本棚《ほんだな》が並《なら》んでいる。

一方の壁は一階からの吹《ふ》き抜《ぬ》けになっていて、開放感たっぷりである。

空《あ》いているテーブルに腰《こし》かけ、みんなでその本を囲んだ。

夢羽《むう》が借りたのだから、このまま本を持って帰って、ゆっくり調べてみることもできる。

だが、夢羽《むう》がそれはやめようと言ったのだ。

「この本、誰《だれ》かが借りようとするはずだからね」

「え？　じゃあ、本がないと困《こま》るんじゃ……？」

元《げん》が聞くと、夢羽《むう》はポニーテールをほどきながら、パチンとウィンクした。

「そう。だから、早く謎《なぞ》を解《と》かなくちゃいけない。本に何か書いてあるか、はさんであるか……単純《たんじゅん》にそういうのかもしれないけど。何か気がつかなかった？」

そう聞かれても困《こま》る。

実は、たいして読みこんでいるわけではない。昔の自分の家の周りがどんなだったのかを調べたいと思って借りただけだからだ。

昔、元《げん》の家の周りは畑ばかりだったのがわかった。

「うーん……別に何も」

と答えると、夢羽《むう》が言った。

「そうか……。まぁ、本棚《ほんだな》になくたって、図書館員がまだ棚にもどしていないと考えるだろうからね。図書館員に、あの本のことを聞きにくる人間も怪《あや》しい」

「なーるほど」

元《げん》はポンと手をたたいた。

「じゃあ、誰《だれ》か、見張《みは》ってたらどうだろう？　手分けして、受付カウンターのほうと本棚のほうと」

「そうだね。それはいいアイデアだ」

夢羽《むう》にほめてもらって、元《げん》もがぜん元気になってきた。

すると、瑠香《るか》が腰《こし》に手を置き、テキパキと指示《しじ》をした。

「じゃあ、『頭脳労働担当《ずのうろうどうたんとう》』は夢羽《むう》と小林《こばやし》くんに任《まか》せて、わたしたちは本棚《ほんだな》とカウンターのほうを見てよう。そうね。じゃあ、わたしはカウンターを見張ってるよ。大木《おおき》くんと元《げん》くんは本棚。もし、怪《あや》しい人が現《あらわ》れたらお互《たが》いに報告《ほうこく》すること」

なんだよ、その『頭脳労働担当』ってのは。

なんで、夢羽《むう》と小林《こばやし》なんだ!

だいたいどうしてそういうことを瑠香《るか》が決めて指示《しじ》するんだ?

元《げん》はまたまたがっかりしてしまった。そんな元《げん》の肩《かた》をポンとたたいたのが大木《おおき》だ。

彼《かれ》は、いつもの優《やさ》しくて頼《たよ》りがいのある笑顔《えがお》で言った。

「じゃあ、見張《みは》りに備《そな》えて、オレは食料を調達してくる」

でも、瑠香《るか》がピッピっと笛でもあったら吹《ふ》いていそうな勢《いきお》いで大木《おおき》を指さした。

「だめよ! 図書館内は飲食喫煙《いんしょくきつえん》、禁止《きんし》よ」

「えええぇー？　だ、だってぇ、もう昼ご飯《はん》の時間なのに……」

「ガマンしなさい！」

泣き出しそうな顔の大木《おおき》を追い立て、瑠香《るか》は一階に向かった。元《げん》もその後からついていくしかない。

閲覧室《えつらんしつ》を出て行く時に未練がましく振《ふ》り返った。

夢羽《むう》と小林《こばやし》はさっそく、本の謎解《なぞと》きを始めたらしく、最初のページから丹念《たんねん》にめくり始めている。ふたり、頭と頭がくっつくくらいに近づいて、本をのぞきこんでいるではないか。

うううむぅぅ。

男のヤキモチはみっともないぞおぉ！

元《げん》は心のなかで頭をポカっとひとつこづいた。

その時、背《せ》のスラッと高い人とぶつかってしまった。

「あ、すみません！」

元《げん》が頭を下げると、かぶっていた野球帽《ぼう》が落ちてしまった。

それを相手の男の人がサッと拾《ひろ》い上《あ》げてくれた。

「こちらこそ、すみません」

元《げん》は相手の顔を見て、アっと声をあげそうになった。

背《せ》も高いし、物腰《ものごし》もやわらかで大人《おとな》っぽいし、絶対《ぜったい》に大人の男性《だんせい》だと思っていたのだが、小学生か中学生くらいだったからだ。

ふわふわとした茶色がかった髪《かみ》、ハーフっぽい端整《たんせい》な顔立ち。

スっと通った鼻筋《はなすじ》に黒縁《くろぶち》の眼鏡《めがね》をかけ、白い長袖《ながそで》のシャツもピシっとしていてかっこいい。

「……??」

マジマジと顔を見ている元《げん》を相手は不思議そうに見返した。

そこにショートカットの髪《かみ》に細いカチューシャをした女の子がやってきた。

「待ってくださいよぉー。わたしがいっしょなの、忘《わす》れてたでしょぉー？」

「ははは、すみません。実《じつ》はそうなんです」

「んもぉぉぉ！」

女の子はかわいい顔でプクーっと頬《ほお》をふくらませ、相手の男の子をにらんだ。

そして、初めて元《げん》のことに気づいたらしく、ペコっと頭を下げた。

元《げん》もあわてて頭を下げた時、階段《かいだん》のほうから「元《げん》くーん！　早く、早く!!」と瑠香《るか》の声が聞こえてきた。

改めて、ふたりの顔を見た後、瑠香《るか》たちの後を追いかけた。

かわいいなぁ！　さっきの女の子。

それに、男の子もすっごくかっこよかったな。大人《おとな》っぽいし。

彼《かれ》らだけ、こう……別世界の人って感じだった。

いいなぁ、ふたり。なんかお似合《にあ》いだったしなぁ。

「遅《おそ》い！　何してたの!?」

瑠香《るか》が階段《かいだん》の下で目をつり上げて待っていた。

それを見て、深々とため息をついた。

えらい違《ちが》いだぜ！

「じゃあ、しっかり見張《みは》るのよ！　何かあったら連絡《れんらく》して！」

瑠香《るか》が張り切って、受付カウンターのほうに歩いていく。

その後ろ姿《すがた》を見送って、肩《かた》をがっくり落としている元《げん》に大木《おおき》が言った。

「元《げん》、いいぜ。オレだけ見張ってても。別に本棚《ほんだな》の見張りなんかひとりいれば十分だろ。小林《こばやし》たちと謎《なぞ》解きに行って来いよ」

「ええ⁇」

びっくりして大木《おおき》を見る。

「だってさ。本棚に本がないと、本当にあの本を探《さが》しに来た人かどうかわからないだろ？」

「ま、まぁそうなんだけさ」

「だから、元《げん》も行って、知恵《ちえ》を出してやれよ。早く解けたら、本を棚にもどせるだろ？」

「あ、あぁぁ……だけど、おまえ、腹《はら》がすいてるんだろ？」

「いや、いいよいいよ。もう少しならガマンできると思う」

「そっかぁ？」

なんか、大木《おおき》に悪いなぁという思いと、うれしい気持ちとが交錯《こうさく》した。

もう一度大木《おおき》を見ると、彼《かれ》はニヤっと笑い、親指をグイっと立てた。

すべてわかってるぞ、気にすんなという顔だ。

ううう、大木《おおき》ぃぃ。おまえはほんとにいいヤツだな！

見る目のない女子にはちっとももてないけど、オレはわかってるぞ。

おまえは一生の友達《ともだち》だ!!


「ん？　元《げん》、どうした？　誰《だれ》か来たのか？」

小林《こばやし》が顔を上げ、もどってきた元《げん》に声をかけた。

その正面に座《すわ》っている夢羽《むう》も顔を上げ、彼を見た。

元《げん》はものすごくモジモジし、身の置き所に困《こま》った。自分なんかがもどってきて、謎解《なぞと》きに参加したって、何の戦力にもならないんじゃないか。なのに、ノコノコ、呼《よ》ばれもしてないのにもどってきて。ちぇ、かっこ悪《わる》いったらない。

「い、いや……大木《おおき》がさ。ん、大木《おおき》が本棚《ほんだな》に本、あったほうがいいんじゃないかって。だから、オレも行って、本を調べるの手伝《てつだ》ったほうがいいって。見張《みは》りはひとりでできるから……」

しどろもどろ説明していると、夢羽《むう》がにっこり笑った。

「それはありがたいな。謎解きは、ひとりでも多いほうがいい。いろんな視点《してん》で見ることができるからね」

元《げん》がその笑顔《えがお》にどれだけ救われたか。

思わず、窓《まど》の外を見る。

青空にはまっ白の入道雲がムクムクとわいていて、まるで大木《おおき》の顔のようだった。

大木《おおき》ぃ……、オレは今日《きょう》のおまえを忘《わす》れないぞ！

と、まるでもう天国に行ってしまった人のような扱《あつか》いをされてるとも知らず……。一階の地域《ちいき》の資料集《しりょうしゅう》のコーナー、本棚《ほんだな》の脇《わき》に置いてあった椅子《いす》に座《すわ》っていた大木《おおき》は、この時、盛大《せいだい》にクシャミをひとつした。そして、大きなお腹《なか》を押《お》さえた。腹《はら》の虫が盛大に鳴ったからだ。

6

「で、やっぱり何もメモらしいもの、なかった？」

本当は夢羽《むう》の隣《となり》に座《すわ》りたかったけれど、気恥《きは》ずかしくて、元《げん》は小林《こばやし》の隣に腰《こし》かけた。

「ああ、今のところ、見つからないな」

小林《こばやし》が答えた。

「もしかすると、図書カード見ればわかるかな？　とも思ったんだ」

「図書カード？」

「そう。あ、図書館カードじゃないよ。それぞれの本に入ってるカード。誰《だれ》が借りたか書きこんであるやつ」

「ああ、わかるよ。何月何日に誰《だれ》が借りたかって……あれだろ」

「そうそう。でも、この本にはないんだな。学校の図書館と違《ちが》って」

「そっか……ここのは全部コンピュータで処理《しょり》してるからなぁ」

「そうなんだ」

「ということは……つまり、オレの前に借りた人物が犯人《はんにん》ってことか」

つい大きな声を出してしまい、周りの人たちににらまれてしまった。

元《げん》は肩《かた》をすくめ、声をひそめた。

「なんとか……わからないかなぁ。前に借りた人の名前」

ふたりの話を聞きながら、夢羽《むう》はテーブルにひじを付き、あごを手で支《ささ》えていた。

その手をあごからはずして言った。

「どうしても……というなら、調べられないこともない。合法じゃないけどね」

「っていうと……？」

「まぁ、図書館のコンピュータを見るわけだけど」

「うそ。そんなことできるの？」

「できるけど……最後の手段《しゅだん》だ」

げげ、それって、コンピュータに侵入《しんにゅう》するってわけか？

まるで映画《えいが》みたいだ！

彼女《かのじょ》は驚《おどろ》いている元《げん》たちを見て言った。

「それに、前に借りた人が犯人《はんにん》だと決まったわけでもないし」

「そうかなぁ？」

小林《こばやし》は不満げに言った。

夢羽《むう》はクールな口調のまま説明した。

「もし、何かが隠《かく》されていたとして。図書館の本に隠した理由、なんだと思う？　自分の家や会社や学校に置いておかなくてもいいという利点があると思うんだ」

「でも、誰《だれ》かが借りてしまうかもしれないし……」

「まぁね。だから、あまり借りられないような本にしたんじゃないかな。この本、誰かに借りられるとは思わなかったんだろう」

たしかに、『銀杏《いちょう》が丘《おか》の歴史』なんていう地味な本、しょっちゅう誰かが借りるほど人気《にんき》があるとは思えない。実際《じっさい》、あの本棚《ほんだな》のあたりに行く人すらあまりいないくらいだ。

「つまり、この本を借りないで、この場で何か細工《さいく》して、またもどしておいたってわけだね」

小林《こばやし》が聞くと、夢羽《むう》はうなずいた。

「もちろん、うっかりして何かをはさんだままだったという可能性《かのうせい》もあるけど。だとしたら、あんな謎《なぞ》な電話をかけたりはしないと思うんだ」

「……どっちみち、やっぱりどこかに記入してあるか、紙がはさんであったりするんだろうけど……」

元《げん》はもう一度一ページ目からていねいにめくっていった。

しかし、何度調べてみても、何もない。

「うぅ――ん……!」

つい大きな声を出してしまい、閲覧室《えつらんしつ》にいた人たちからまた非難《ひなん》のまなざしで見られた。

身を小さくして、ゴクリとのどを鳴らす。

その時、隣《となり》にさっきぶつかった背《せ》の高い男の子が座《すわ》った。

かわいい女の子もいっしょだ。

「この本、なぜビニールコーティングしてあるかわかる？」

男の子のほうが手に持った本を女の子に見せた。

「本のカバーが取れないように……ですか？」

「うん、そうです。でも、これだけピッチリとコーティングしていると、ついはずしたくなったりしませんか？」

「えぇー？　そんなことしたら図書館の人に怒《おこ》られちゃいますよ！」

「ははは、そうですね。まぁ、ふつうはしませんけどね」

ちぇ、仲良さそうだなぁ、おい。

元《げん》はやっかみ半分、チラっと隣《となり》を見た。

彼《かれ》らが持っていたのは『東京《とうきょう》七不思議の謎《なぞ》』と『都市伝説の不思議』という本だった。

へぇー！　彼らもそういう謎解《なぞと》きとか不思議な話が好きなんだな。

それにしても……なんでこいつらバカていねいな言葉でしゃべってるんだろう？

と、そう思った時、夢羽《むう》が「あっ！」と小さく言った。

「え？」

顔を上げた元《げん》に、夢羽《むう》が手を出した。

「その本、貸《か》して。もしかしたら……！」

「どうしたんだ？」

小林《こばやし》が聞く。

夢羽《むう》は言った。

「この犯人《はんにん》はふつうは、い、い、しないことをするはずだからね」

彼女《かのじょ》がそう言うと、元《げん》の隣《となり》に座《すわ》っていた背《せ》の高い男の子がチラっとだけ夢羽《むう》を見た。

夢羽《むう》も彼《かれ》を見返す。

え!?　な、なんだ、なんだ!?

もしかして、知り合い??

まぁ、どっちともびっくりするほどの美男美女だからな。

もしかして親戚《しんせき》とか⁉

キョロキョロしている元《げん》の前で、夢羽《むう》は本のカバーを丹念《たんねん》に見ていった。

「やっぱりね」

小さな声で言うと、夢羽《むう》は例のシステム手帳を出した。そして、なかから小さなカッターを取り出すと、ぴったりビニールコーティングしてある本のカバーの端《はし》っこ（本の上の部分）をスーっと切っていったのである。

「え、えええええ⁇」

驚《おどろ》く元《げん》と小林《こばやし》の前で、夢羽《むう》は顔色ひとつ変えず、作業を続けた。

「誰《だれ》かがこの部分だけ切って、その後からテープで補修《ほしゅう》した跡《あと》がある」

というと……本とカバーの隙間《すきま》に何かを隠《かく》したんだろうか？

元《げん》も小林《こばやし》もドキドキしながら、夢羽《むう》の手先を見ていた。

彼女《かのじょ》のほっそりした指先が小さな紙切れをつかみだした。

「ビンゴ！」

ニヤっと笑った夢羽《むう》は再《ふたた》びさっきの男の子を見た。

でも、彼《かれ》はもうこっちは見ずに自分たちの借りた本を読んでいた。
元《げん》は、その端整《たんせい》な横顔を見ながら思った。
いったい何者なんだろう⁇
あきらかに、この本の謎《なぞ》解《と》きのヒントをくれたように思えたけれど……。

★暗号を解《と》け！

1

問題の紙……。

そこに書いてあったのは、こんな言葉だった。


えんとつ二本、キツネが見つめる。

←↓→↓←＝5

「なんだろう、これ……えんとつ二本にキツネ？　それに、この矢印も……」

元《げん》は食い入るようにその紙を見た。

やっぱりわからない。

しかし、これは絶対《ぜったい》に暗号だ!!

「『えんとつ』というのは、文字通り煙突《えんとつ》という意味でいいのかな」

と、小林《こばやし》。

いつも使っている眼鏡《めがね》は大木《おおき》にこわされたので、予備《よび》の眼鏡をかけている。

薄《うす》いグレーのアルミフレームの細い眼鏡で、かっこいい。

「エドガー・アラン・ポーの『黄金虫《こがねむし》』みたいだな」

小林《こばやし》はにやりと笑い、ノートを出した。

『黄金虫《こがねむし》』もこういう謎《なぞ》の言葉が出てきて、それは宝《たから》のありかを示《しめ》すものだった。

「とりあえず、この矢印の謎を解《と》いてみたほうがいいかな」

小林《こばやし》が夢羽《むう》に聞いた。

夢羽《むう》はボーっと夢《ゆめ》でも見ているような顔つきで、遠くを見ていたが、ハっと焦点《しょうてん》を小《こ》林《ばやし》に合わせた。大きな澄《す》んだ目がさらに大きく開かれる。

「あ、ああ……そうだな。それより……元《げん》」

「え!?」

急に呼《よ》ばれ、元《げん》は心臓《しんぞう》が飛び出しそうになった。

「な、なに？」

「ごめん。頼《たの》まれてくれるかな」

「ああ、いいよ。なんでも言ってくれぇ！」

こんな重要な時に名指しで頼まれごとだなんて！

元《げん》はうれしくて手をギュっと握《にぎ》りしめた。ワナワナと武者震《むしゃぶる》いしてくる。

夢羽《むう》は謎《なぞ》の言葉が書かれた紙をハンディコピーでコピーした後、また元通りに本の表紙のなかに隠《かく》し、カバーをセロハンテープで補修《ほしゅう》した。そして元《げん》にその本を渡《わた》した。

「これ、置いてあった場所にもどしてくれないか？　で、誰《だれ》が持っていくか、見張《みは》ってほしい。誰か来たら、大木《おおき》か元《げん》か、どっちかが知らせに来て」

正直言って、元《げん》は夢羽《むう》と謎解《なぞと》きのほうをしたかった。

だから、かなりがっかりしたのだが……まぁ、それでも重要な任務《にんむ》であることには変わりない。

再《ふたた》び、『銀杏《いちょう》が丘《おか》の歴史』がもともと置いてあった本棚《ほんだな》へ行く。

「どうした？　わかったのか？」

大木《おおき》が顔を上げた。

「あ、ああ……」

元《げん》はまず例の本をあった場所にもどしておく。

この本を取りに来た人間が十中八九、犯人《はんにん》だ！

そして、元《げん》は大木《おおき》の隣《となり》に座《すわ》り、ことのあらましを言った。

「へぇえ！　おもしろいなぁ。いったい誰《だれ》がそんなことしたんだろうな」

「うん……そうなんだよな」

「亜紀《あき》ちゃんは犯人の声を聞いてるんだよな？」

大木《おおき》に聞かれ、元《げん》はアっと声をあげた。

そうだ。

そういえば、妹《いもうと》の亜紀《あき》だけなのだ。犯人と直接《ちょくせつ》話しているのは。

もっとちゃんと聞いておけばよかった。男か女か、若《わか》い声かどうか……。

まぁな。まさかこんなことになるとは思ってなかったわけだからしかたない。

帰ったら、どんな声だったか聞いてみよう。

「はぁ……それにしても腹減《はらへ》った」

大木《おおき》が情《なさ》けない声をあげた。

彼《かれ》は椅子《いす》に座《すわ》っていたが、大きなお尻《しり》には小さすぎるようで、腰《こし》を動かすたびにキィキィと悲鳴をあげた。

その上、彼のお腹《なか》がうるさい。

「ぐぅぅぅおぉぉぉぉお……ぎゅるきゅるきゅる……ぐうぅぅぅ、うぉう……ぐうぅぅ」

図書館は静かだから、よけいに目立ってしかたない。

幸い、近くには人がいなかったが、少し離《はな》れたところにいる人たちですら聞こえるらしく、何の音だろうと、首を伸《の》ばしてこっちを見た。

「お、おい、大木《おおき》ぃ」

元《げん》は顔をまっ赤《か》にして、大木《おおき》の太い腕《うで》をひじで突《つ》っついた。

「ご、ごめん、でも、止まんないんだよぉ……」

大木《おおき》は大きな体を小さくして、顔をまっ赤にし、汗《あせ》をダラダラ流しながら苦しみ始めた。いくらお腹《なか》に力を入れ、鳴らないようにしようとしても、ダメなのだ。

「ぐぉうぅぅ、ぎゅるぎゅるきゅるきゅる……ぐうううぅあおあおぉぉぉ……」

まるでモンスターのうなり声か、断末魔《だんまつま》の悲鳴みたいだ。

「わ、わかったよ。じゃ、何か食って来い！」

「ご、ごめんよ。おにぎり、二個《こ》か三個食えば、なんとかおさまるからさ。元《げん》の分も買ってきてやるよ。交代で食えばいいだろ？」

「ああ、わかった。いいから、早く行って来い」

そうこう言ってる間も、大木《おおき》の腹《はら》の虫は黙《だま》っていることがない。

しゃべりながら、腹《はら》も鳴らして……という人間というのは、なんだかおかしいのを通り越《こ》して、すごい。

大木《おおき》は汗《あせ》をぬぐいながら、走って図書館の入り口へ行き、係の人に「走らないでください！」と注意されていた。

元《げん》は苦笑しながら、そのようすを見ていた。

だが、大木《おおき》がまた真剣《しんけん》な表情《ひょうじょう》でわっせわっせ！　ともどってきたではないか！

どうしたんだろう⁉

ま、まさか……怪《あや》しい人物に会ったとか⁉

「ど、どうしたんだ⁉」

元《げん》が聞くと、大木《おおき》はゼエゼエハァハァ、苦しそうに息をつきながら言った。

「おにぎり……の、具……、ハァハァ……、な、何にするか……聞くの、忘《わす》れて……た、ハァ、ハァ」

2

大木《おおき》がコンビニに走った後、元《げん》はひとり、椅子《いす》に座《すわ》り自分なりに考えてみることにした。

さっきから元《げん》たちは「犯人《はんにん》」と呼《よ》んでいるが、彼《かれ》（彼女《かのじょ》？）はいったい何をしようとしているんだろう。

目的はなんなんだ？

それに、もうひとつ問題がある。

それは、元《げん》たちのツリーハウスを荒《あ》らしたのは同じ人物なんだろうかということ。

まぁ、しかしそれは大いに考えられる。

タイミングが良すぎる。

でも、だったら、なぜなんだろう……？

あそこに元《げん》が本を置いていたというのを知ってたのなら、何も電話なんかかけてくる必要はない。直接《ちょくせつ》、ツリーハウスに行き、探《さが》し回ればいいはずだ。

それに、カラーボックスのなかに他の本といっしょに並《なら》べてあったわけで。あそこまでハチャメチャに荒《あ》らさなくたって、わかったはずだ。

ということは……もうひとつ。

本を探《さが》しているのがもうひとりいるってことだ。

その人は、オレがあのツリーハウスに本を持っていき、持ち帰らなかったのを知っている人物だ。きっとどこかで見て、オレの後をつけてきたのか。

で、夜になって、こっそり忍《しの》びこんで探すつもりだったのだが……オレのほうが先に本を持ち帰ってしまった。

だから、あそこまで荒らして、必死に探しまくったのではないか。

ふむ、これはあり得る話だな!

よし、後で夢羽《むう》にも言ってみよう。

なんて思った時、元《げん》のお腹《なか》も「ぐうううぅ……」と鳴ってしまった。

たしかに腹《はら》も減《へ》ったし、それに……眠《ねむ》い。

水泳をやった午後というのは、どうしてこう眠くなるんだろう。

さっきまでは大木《おおき》とふたりだったからまだ気もまぎれた。
だけど、こう……誰《だれ》もいないところにひとりでいると、眠《ねむ》くて眠くて……気が遠くなっていく……。

ガクッ！

う、うわぁ！
眠りかけていたようで、前ではなく後ろに頭がガクっとなった。
うへ、かっこ悪《わる》い！
誰も見てないよな。
キョロキョロと周りを見て、あわてて姿勢《しせい》を正《ただ》す。
あたりには誰もいない。
ふうぅ……危《あぶ》ない、危ない。
頬《ほお》を両手でペチペチたたき、眠気を覚《さ》ました。

そこに、大木《おおき》がもどってきた。

なんだよ、また。忘《わす》れ物か？

「ごめんごめん、待たせたな。コンビニがさぁ、すっごくこんでて。はぁ、でも、いちおう急いで食ってきたんだぜ。ほら、元《げん》も食って来いよ！　いちおう、ネギ塩とエビマヨにした。これ、うまいぜぇ‼」

満足そうな大木《おおき》を見上げ、元《げん》はキョトンとした。

いや、ぜんぜん待ってないし。

ついさっきだろ？　大木《おおき》がコンビニ行ったのって。

「何、言ってんだ？」

「え？」

大木《おおき》も同じようにキョトンとした。

ふたりでキョトンとし合って、で、元《げん》だけがわかった。

一気に体中の血がぐるぐる逆流《ぎやくりゆう》するような感じがした。髪《かみ》もザッと逆立《さかだ》ち（といっても、短い毛だが）、汗《あせ》がたらりと流れ落ちた。

「元《げん》……？　どうかしたのか？」

凍《こお》りついた元《げん》を見て、大木《おおき》が聞いた。

だが、それには返事をせず、元《げん》は本棚《ほんだな》にダッシュした。

ま、まさかだろぉお!?

震《ふる》える指先で本棚に並《なら》んだ本の背表紙《せびょうし》をたどる。

目を引きつらせて、何度も何度も。

ううう、やっぱりだ！

いくら見ても見つからない！

ほんの一瞬《いっしゅん》、ウトウトっとしただけだと思ったのに。大木《おおき》の話から考えると、十分くらい……いや、ゆうに十五分くらいは寝《ね》ていたことになる。

信じられないが、そうとしか考えられない。

たしかに、眠《ねむ》くて眠くてしかたない朝とか、一度は目覚《めざ》まし時計《どけい》で起きても、あと十分だけと思って十分後に目覚ましをかけなおして。でも、目を閉《と》じたと思ったとたんに、またジリリリリ……！　と、けたたましく鳴り響《ひび》いてビックリして飛び起きる。てっきり時計《とけい》がこわれたか、時間をセットしそこねたのかと思って確《たし》かめてみてもそんなことなくて。結局、自分がちゃんと十分寝てただけっていう……。

そういうことはある。

それなんだ……。

あぁぁぅぅぅ。どうすりゃいいんだ⁉

3

「寝《ね》てた間に本がなくなっちゃってたの?」

瑠香《るか》は目をまん丸にして、もう一度繰《く》り返した。

いや、一度ではない。これで三度目だ。

元《げん》は、しょんぼりうなだれるしかない。

隣《となり》で大木《おおき》が困《こま》ったように口を結び、大きな体を左右にゆらした。

ふたりしてどうしようどうしようと困りはてているところ、受付のカウンター前で、

『銀杏《いちょう》が丘《おか》の歴史』を問い合わせに来る人をチェックしていた瑠香《るか》に見とがめられ、しぶしぶ白状《はくじょう》したところだ。

「もうう！　どうすんのよ。ぜんぜん覚えてないの？　誰《だれ》かが来たような、そんな気配《けはい》なかったの？」

「うん……ごめん……」

ここは謝《あやま》るしかない。

「わたしに謝られてもねぇ」

彼女《かのじょ》が妙《みょう》に大人《おとな》びた口調で言った時だ。

「あれ？　君たち！　瑠香《るか》ちゃんに元《げん》くん！　久《ひさ》しぶりだね」

急に声をかけられ、びっくりしてそっちを見る。

カウンターのほうにやってきたのは、イケメン刑事《けいじ》の峰岸愁人《みねぎししゅうと》だった。

夢羽《むう》が解決《かいけつ》したいくつかの事件《じけん》の担当《たんとう》だったこともあり、元《げん》たちとは顔なじみ。

長身にスーツがよく似合《にあ》っている。

茶髪《ちゃぱつ》なところも、ちょっと現職《げんしょく》の刑事には見えない。いや、どちらかというと、今時のドラマに出てくる刑事《けいじ》のようだ。

「わぁ！　峰岸《みねぎし》さん!!　峰岸《みねぎし》さんこそどうしたんですか??」

とたん、瑠香《るか》の声が明るくなる。

「ちょっと調べ物でね」

と、手にした本を見せた。

『ファラオの秘宝《ひほう》』、『エジプトの隠《かく》された宝石たち』というタイトル。それを見て、元《げん》はすぐにピンと来た。

「わかった！　例の宝石泥棒《ほうせきどろぼう》のこと、調べてるんですね？」

元《げん》が聞くと、峰岸《みねぎし》は苦笑した。

「そうなんだよ。なかなか手がかりがなくってね……。単なる宝石じゃなくて、世界の至宝《しほう》だし、なんとしてでも探《さが》し出《だ》さなければいけないんだけど。君たちふたりだけ？」

彼《かれ》は左右を見た。

もしかしたら、夢羽《むう》のことを捜《さが》しているのかな？　と、元《げん》は思った。

今までの難事件《なんじけん》もサラリと解決《かいけつ》してきた夢羽《むう》のことだ。もしかしたら、今回も糸口を見つけてくれるかもしれないと峰岸《みねぎし》も思っているんじゃないだろうか。

とはいえ、まさか小学生に事件の相談をするわけにもいかないし。

「じゃあ、夢羽《むう》に聞いてみたらどうですか?」

瑠香《るか》があっさりそう言うと、峰岸《みねぎし》はまた苦笑い。

「ほんとだな。実際《じっさい》、そうしたいところだが……ははは」

「閲覧室《えつらんしつ》に夢羽《むう》、いますから呼《よ》んで来ましょうか?」

今にもかけだしそうな瑠香《るか》を峰岸《みねぎし》が止めた。

「いや、だいじょうぶだよ」

「ええ? そうですかぁ?」

瑠香《るか》ががっかりした声をあげた時だ。

「あ! 峰岸《みねぎし》さぁん!! 猿《さる》が一匹《ぴき》、見つかったんですよー!!」

と、図書館の入り口から若《わか》い婦警《ふけい》が手を振《ふ》りながら走ってやってきた。

ふわっとしたショートカット、いつも元気でチャーミングな内田薫《うちだかおる》だ。彼女《かのじょ》も元《げん》たちとは顔なじみである。

だから、元《げん》たちを見て笑顔《えがお》になった。

「あら！　君たち。こんな時間に……って、そっか。夏休みね。いいねぇ、小学生は暇《ひま》そうで」

その一言に瑠香《るか》はムっとした顔になった。

瑠香《るか》も内田《うちだ》も峰岸《みねぎし》のファンなので、なんとなく対抗心《たいこうしん》がある。

ふたりの間に立って、峰岸《みねぎし》も困《こま》っている。

思わず元《げん》は内田《うちだ》に聞いた。

「猿《さる》が見つかったって……あのペットショップから脱走《だっそう》した猿ですか？」

「そうよ。よく知ってるわね。あ、ああ、ニュースにもなってるからね。そうなのよ。リスザルが四匹《ひき》も脱走しちゃって、あちこちでイタズラして回ってるのよね。でも、二匹は捕獲《ほかく》したから、あと二匹なの。そ、そ、そうだ！　こんなことしてられないんです。峰岸《みねぎし》さん、そのうちの一匹、なんと警察署《けいさつしょ》の駐車場《ちゅうしゃじょう》で見つかったんです！　しかも、峰《みね》岸《ぎし》さんの車の上にいるんですよぉ」

これには峰岸《みねぎし》もびっくり。

「な、なんだって⁉　ウソだろぉ。買ったばかりなのに。あ、あぁ……、こ、これ、借ります！」

受付カウンターの人に持ってきた本を渡《わた》し、手続きをとってもらった後、「じゃあね！」と、あわてて出て行ってしまった。

内田《うちだ》は峰岸《みねぎし》のすぐ後をついていく。

その後ろ姿《すがた》に瑠香《るか》がボソっと言った。

「ふぅーん、お似合《にあ》いだよね」

内田《うちだ》はクルっと振《ふ》り向き、ニコニコ笑った。

「あら？　やだぁ、峰岸《みねぎし》さんとわたし、別にそういうんじゃないものぉ！」

すると、瑠香《るか》は心底あきれたという口調で言った。

「違《ちが》います。内田《うちだ》さんとお猿《さる》さんがお似合いだって言ったんです。なんか似てるもん」

元《げん》は隣《となり》でげんなりした。

なんでそういうことを言うかなぁ。

案《あん》の定《じょう》、内田《うちだ》はキっと目をつり上げ、頬《ほお》をプクーっとふくらませた。

あぁぁ、内田《うちだ》さんも大人気《おとなげ》ないし。

峰岸《みねぎし》が「おーい、行くぞ！」と彼女《かのじょ》をうながす。内田《うちだ》は、「はぁーい！」と、わざわざ瑠香《るか》のほうを見ながら、かわいらしい声で答え、パタパタと走っていった。

もちろん、おもしろくないのは瑠香《るか》だ。

「がるるるる……！」

今にもかみつきそうな彼女を元《げん》は大木《おおき》といっしょに止めたのだった。

＊＊＊

「しかたないよ。すんでしまったことだもの」

小林《こばやし》が元《げん》をなぐさめてくれた。

「ううう、す、すまん！」

元《げん》はますますションボリした。

せっかく夢羽《むう》に頼《たの》まれたというのに、本を見張《みは》ってることも満足にできなかったのだから。

夢羽《むう》はというと、何か別のことを考えているようで、フォローするでもなく、無表《むひょう》情《じょう》のままさっきの謎《なぞ》の言葉を見つめていた。

「あ、茜崎《あかねざき》、ごめん。オレ……」

元《げん》が言いかけると、夢羽《むう》は初めて元《げん》の存在《そんざい》に気づいたように顔を向けた。

「ああ、いいよ。それより、ちょっと確《たし》かめに行きたいんだ」

「え?」

と、聞き返す元《げん》に夢羽《むう》が銀杏《いちょう》が丘《おか》の地図を見せた。

その地図は夢羽《むう》のシステム手帳にはさんであったものだ。

「煙突《えんとつ》というのはやはりこの銭湯《せんとう》の煙突だと思う。銀杏《いちょう》が丘《おか》には何本煙突がある?」

「三本……かな。他《ほか》にも煙突はあるだろうけど……銭湯の煙突なら三本だ」

「うん。でも、これでは『えんとつ二本』となっている」

「そ、そうだな」

「ほら、これを見てくれ」

夢羽《むう》は銀杏《いちょう》が丘《おか》の地図にマーカーで三つの銭湯《せんとう》の場所に印をつけた。

そして、定規《じょうぎ》でスッと線を引《ひ》っ張《ぱ》り、吉野湯《よしのゆ》と寿湯《ことぶきゆ》を結んだ。

「この線の延長《えんちょう》線上に『州子稲荷《すこいなり》』という神社がある。ここからだと、銭湯の煙突《えんとつ》は三本ではなく二本に見えるはずだ。吉野湯《よしのゆ》と寿湯《ことぶきゆ》、二本の煙突が重なっているからね」

次はその「州子稲荷《すこいなり》」に印をつけた。

「そうか！　稲荷神社ならキツネはつきものだ!!」

小林《こばやし》が目を輝《かがや》かせた。

「どういうこと？」

瑠香《るか》が聞くと、小林《こばやし》は鉛筆《えんぴつ》の先を指ではじきながら言った。

「稲荷神社、行ったことない？　稲荷というのはキツネのことだよ」

「いなり……って、いなり寿司《ずし》のいなり？」

瑠香《るか》が大きな目でまばたきした。

「そう！　まさしくそれだよ。稲荷寿司って、油揚《あぶらあ》げを使うだろ。あの油揚げ、キツネの好物だから、それでキツネを奉《まつ》っているんだっていうのを前に聞いたことあるな」

すると、大木《おおき》が太い腕《うで》をあげた。

「正確《せいかく》に言うと逆《ぎゃく》なんだよね。稲荷神《いなりのかみ》という神様のお使いをキツネがやってるっていう信仰《しんこう》があって。そのキツネの好物が油揚《あぶらあ》げだって信じられてたんだって。で、その油揚げを使って作ったお寿司が稲荷寿司になったんだという説が有名だね。五目寿司《ごもくずし》を油揚げのなかに入れるやり方もあるけど、オレは単《たん》純《じゅん》に酢飯《すめし》を入れるほうが好きだなぁ。その代わり、油揚げはしっかり味を付けて、小さめに作るんだ。うーん、これがうまいのなんの……じゅるるっ！」

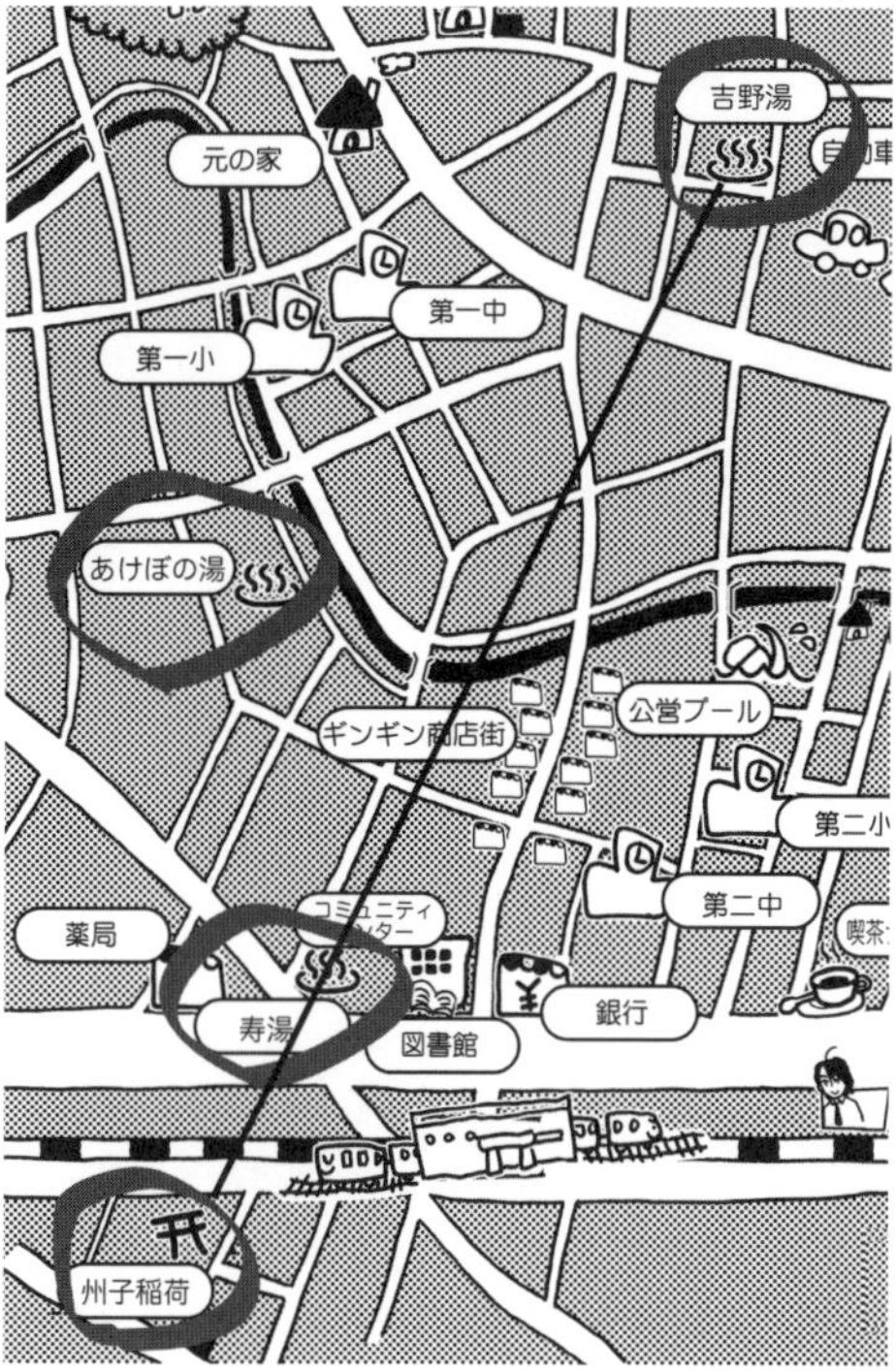

まったく。

大木《おおき》は、料理のこととなると、夢羽《むう》よりも小林《こばやし》よりもくわしい。

「そうだったんだぁ！」

と、小林《こばやし》も感心している。

そんなこと、どうでもいいじゃん！　という顔なのは瑠香《るか》だ。

「じゃあ、決まりだな。とにかく州子《すこ》稲荷《いなり》に行こう！」

元《げん》が言うと、みんな賛成《さんせい》した。

「そうだな。また犯人《はんにん》に先回りされると困《こま》るし」

小林《こばやし》が真面目《まじめ》な表情《ひょうじょう》で言った。

「そっか！」

みんなの顔に緊張感《きんちょうかん》がみなぎる。

だが、ただひとり、夢羽《むう》だけは冷静そのものだったのである。

★暗号の謎《なぞ》

1

あざやかな青い空。

雲の間から差しこむ夏の太陽は、午後も容赦《ようしゃ》がない。

歩いているだけで、腕《うで》や顔がジリジリと焼かれるようだ。

焼けた黒いアスファルトから立ちのぼる熱気に頭がクラクラしてくる。

みんなでコンビニに行き、おにぎりやアンパンを買った。昼食抜《ぬ》きというのはいくらなんでも無理だからだ。大木《おおき》でなくても、お腹《なか》がすきすぎて目が回ってしまうだろう。

コンビニで買ったおにぎりを歩きながら食べる。親に見られたら、こっぴどく叱《しか》られるだろうが、今はそんなことを言っている場合じゃない。

「いいよいいよ、今日《きょう》くらい」

「そうよね」

瑠香《るか》はアンパンを、小林《こばやし》は鮭《さけ》のおにぎりを頬張《ほおば》りながら歩いた。元《げん》もさっき食べられなかったので、大木《おおき》が買ってきてくれたおにぎりを食べた。大木《おおき》はまた食べている。

夢羽《むう》だけ、今はこれだけでいいからと小さなカプセルをひとつ口に放りこみ、瑠香《るか》からジュースをもらって飲んでいた。

いったいあれはなんなんだろう？

宇宙食《うちゅうしょく》か、未来の食べ物か……⁇

あれだけで栄養も足りるし、満腹《まんぷく》になる……みたいなものなんだろうか。


州子稲荷《すこいなり》の近くに来ると、急に気温が下がったように感じた。

高い木が多く、雑草《ざっそう》もうっそうと茂《しげ》っていて、昼なお暗いのだ。

こんなところにひとりで来たら、さぞかし怖《こわ》いだろうなぁと元《げん》は思った。

それに、普通《ふつう》の神社と違《ちが》って、びっくりするほどあざやかな赤い柱や鳥居《とりい》が、またまたびっくりするほどたくさんある。

暗い境内《けいだい》に、並《なら》んだ赤い鳥居《とりい》だけがくっきりと浮《う》かび上《あ》がっているように見えた。

「なんか……うす気味悪いね」

瑠香《るか》がツインテールをゆらし、肩《かた》をすくめた。

「そういえば……ここ、出るって噂《うわさ》だよな」

「お、おいぃ！　小林《こばやし》、変なこと言うなよぉぉ」

お化けや幽霊《ゆうれい》話がものすごく苦手な元《げん》が情《なさ》けない声をあげた。

小林《こばやし》は眼鏡《めがね》のフレームをキラリと光らせ、低い声で言った。

「いや、本当の話らしいよ。うちのおばあちゃんが見たって言うからさ」

「うそ。本当なの？」

瑠香《るか》が聞く。

できれば、元《げん》は両耳をふさぎたかった。

でも、きっとこういう話は聞かなければ聞かないで、もっと気になるんだろう。

小林《こばやし》は瑠香《るか》に「で、どうしたの？」とうながされ、歩きながら話を続けた。

「うん……この並《なら》んだ鳥居《とりい》の後ろからキツネが出てきたんだって。でも、それはキツネのお面をかぶった黒い服の人で……」

「ひやぁっ！」

そこまで話した時、大木《おおき》がものすごい声をあげた。

「ぎゃあああぁぁあ!!」

「きゃぁあああ！」

元《げん》と瑠香《るか》が思わず絶叫《ぜっきょう》する。

「なに、なに？　どうしたの!!」

瑠香《るか》に聞かれ、大木《おおき》はパッパっと首の後ろを払《はら》いながら言った。

「首のとこにクモが落ちてきたんだよぉ」

「ちぇ、こんなちっちゃなの」

地面にふわりと糸を引きながら落ちたのは、小さな蟻《あり》のようなクモだった。

「ねぇねぇ、それで？　その人、幽霊《ゆうれい》だったわけ？」

瑠香《るか》が小林《こばやし》に話の続きをねだる。

はぁぁぁ、なんで聞きたいのかなぁ。自分だって怖《こわ》がりのくせに。

元《げん》はうんざりだ。

小林《こばやし》は苦笑しながら続けた。

「そのキツネのお面をかぶった黒い服の人がね、鳥居《とりい》から出てきた、ちょうどその時に、ここの神社の神主さんがやってきて『もうお帰り』って言ったんだって。そしたら、その人がおじぎをして帰りかけたんだけど……うちのおばあちゃん、その人の足がないのに気づいて、『あっ……！』と言ってしまったそうなんだ。そしたら……！」

小林《こばやし》はもったいぶって、わざとそこで言葉を切る。

みんなゴクリとのどを鳴らした。

「その人のかぶっていたキツネのお面の口が、にやぁぁっと笑ったんだって」

ひぇぇぇぇっ！

全身、鳥肌《とりはだ》だってしまった！

目の前の、暗い境内《けいだい》……妙《みょう》にあざやかな赤い鳥居《とりい》の後ろをふわっと、背《せ》の低い黒い服の人が通ったような気がしたからだ。

……と、夢羽《むう》が短く叫《さけ》んだ。

「急ごう！　ヤツかもしれない!!」

「え??」

そう。本当の人間だったのだ!!

キャップを深くかぶっているので顔は見えないが、若《わか》い男だろう。

黒いスーツを着た彼《かれ》は、元《げん》たちを見て、あわてて逃《に》げ出《だ》した。

2

「はぁ、はぁ、はぁ……もうどこにも見えないね」

瑠香《るか》があたりを見回した。

「あ！　これ。この足跡《あしあと》!!」

神社の境内《けいだい》の地面は堅《かた》い石畳《いしだたみ》か黒い土と相場《そうば》が決まっている。元《げん》が指さしたのは、黒い土のほうだ。

何個《なんこ》か、足跡がついていた。

「おもしろい足跡だな」

小林《こばやし》が指摘《してき》した。

『KM』というイニシャルがくっきり残っていたからだ。

元《げん》はすぐに思い出した。

夢羽《むう》の家猫《ねこ》のラムセスが行方《ゆくえ》不明になった事件《じけん》があった時、やはりくっきり残されていた足跡と同じだったからだ。

ハッと顔を上げ、夢羽《むう》を見た。

彼女《かのじょ》は表情《ひょうじょう》を変えず、元《げん》の目を見つめた。

そうか……やっぱり今回の事件も森亞亭《もりあてい》が絡《から》んでいたのか!?

森亞亭《もりあてい》という謎《なぞ》の紳士《しんし》、彼《かれ》は有名な宝石《ほうせき》や絵画などを専門《せんもん》に狙《ねら》う窃盗団《せっとうだん》のボスなんだ
そうだが、夢羽《むう》の知能《ちのう》に挑戦《ちょうせん》しようと、彼女の近辺をうろついている。

彼女によれば、決して危害《きがい》を加えたりするような人物ではないそうなのだが……。

ちなみに、『KM』の『K』はカムパネルラ商会のK、森亞亭《もりあてい》の窃盗団が作っている
仮《かり》の会社名だ。『M』は当然『森亞亭《もりあてい》』の『M』だろう。

「どうしたんだ？　何か思い当たることでもあるのか？」

夢羽《むう》と元《げん》が目配せしたのを見て、小林《こばやし》が聞いた。

瑠香《るか》も大木《おおき》も身を乗り出し、元《げん》と夢羽《むう》を交互《こうご》に見た。

夢羽《むう》は小さく肩《かた》をすくめた。

「『森亞亭《もりあてい》』ってやつが関係しているんだと思う」

「あ！　それって、あの謎解《なぞと》きが好きだっていうオジサン？」

ラムセスが行方不明《ゆくえ》になった時いっしょに捜《さが》した瑠香《るか》は、森亞亭《もりあてい》のことを聞いていたから、思い出したようだ。

夢羽《むう》は瑠香《るか》を見て、うなずいた。

「誰《だれ》なんだい？　それって……」

小林《こばやし》が聞くと、夢羽《むう》は「ちょっとした事件《じけん》がキッカケになり、それ以来、謎解《なぞと》きの挑戦《ちょうせん》をしてくる厄介《やっかい》なオジサンだけど、別に危害《きがい》を加えるわけでもなく、いたって紳士的《しんしてき》な人物なのだ」と簡単《かんたん》に説明した。

元《げん》が知っているのもそれくらいだ。

だが、実際《じっさい》に宝石《ほうせき》や美術品《びじゅっひん》を盗《ぬす》み出している窃盗団《せっとうだん》なのだから、悪者《わるもの》であることには間違《まちが》いない。

「い、急ごう！　先回りされたかも!!」

元《げん》があわてて走り出そうとすると、夢羽《むう》がその背中《せなか》に声をかけた。

「急いでもムダだよ」

「え⁇」

「だって、ほら……この足跡《あしあと》を見ればわかる」

足跡はいくつもあり、重なっていた。

「何人かいたのかな……？」

瑠香《るか》が言うと、小林《こばやし》が首を左右に振《ふ》った。

「……いや、違《ちが》う。よく見てみると……ほら、ひとりだよ。行って、もどってきただけだ。ま、オレたちを見て、あわてふためいて走っていった跡はメチャクチャだけどな」

瑠香《るか》が聞くと、夢羽《むう》は「そうだ」と答えた。

「そうなの⁉」

「それに、さらによく見ると、奥《おく》へ行った時の足跡のほうは乾《かわ》いている。もどってきた時の足跡はまだ新しい。つまり、たった今、来たばかりってわけじゃないってことだよ」

「じゃあ、手遅《ておく》れってこと？」

瑠香《るか》ががっかりした顔で聞くと、夢羽《むう》は涼《すず》しげな顔で言った。

「いや、捕《つか》まえることはできなかったが、相手が森亞亭《もりあてい》の関係者であることはわかったのだから、収穫《しゅうかく》だ」

「で、でもぉ！　さっきの本の暗号、あれはどうなるの？」

「ああ、あれか。本をもどす時、ちょっと書き加えたからだいじょうぶ」

「書き加えたって……？」

瑠香《るか》が目を丸くして聞くと、夢羽《むう》は片目《かため》を閉《と》じてみせた。

「さっきの暗号、『←↓→↓←＝5』ってとこ、あれの『5』をとりあえず『6』に変えておいたんだ。きっと暗号は解《と》けてないはずだよ」

3

いつの間にそんなことをしたのか!?

誰《だれ》も気づかなかった。

さすがというか、なんというか。


「うっへぇぇぇ!! す、すっげぇ!!」

とにかくその奥《おく》へ行った足跡《あしあと》を追っていこうということになり、犯人《はんにん》が最初に行ったらしい場所へと急いだ。

そして、その問題の場所に着いた時にあげた大木《おおき》の第一声が、これである。

「ふわぁ……す、すごいね」

瑠香《るか》もびっくりして、隣《となり》にいた元《げん》の腕《うで》を引《ひ》っ張《ぱ》った。

元《げん》も小林《こばやし》も言葉をなくし、立ちつくすだけ。

そこも他《ほか》のところと同じで、昼なお暗い境内《けいだい》である。まっ赤《か》な鳥居《とりい》がずらずら～っと並《なら》んだ階段《かいだん》があり、そこをくぐりぬけた先。古めかしいお堂のような建物がいくつかあった。

その周囲《しゅうい》に白い陶器《とうき》のほっそりしたキツネが所狭《せま》しと置かれていたのだ！

大きさは千差万別《せんさばんべつ》。元《げん》の腰《こし》くらいまである大きなものから、手のひらに乗っかりそうなほど小さなかわいいものまである。

でも、みんな同じ顔をしていた。いくつかは違《ちが》ったが、だいたいは正面を見つめるつり上がった細い目、細く突《つ》き出た鼻の脇《わき》に描《えが》かれたヒゲ、ニヤっと笑ったように見える耳元まで裂《さ》けた口……。

すべての首にはお地蔵《じぞう》さんのように赤いよだれかけがかかっていて、異様《いよう》な光景と言えた。

さすがの夢羽《むう》も想像《そうぞう》以上だったようで、大きな目をさらに大きくして「ほお……」とつぶやいた。

お堂の数だけでも、十以上ある。

境内《けいだい》だけでなく、そのなかにもビッシリとキツネが並《なら》んでいるのだから……全部でいったいいくつあるのか、想像もつかなかった。

夢羽《むう》はキツネを見つめていたかと思うと、手元の紙をまたジーっと見つめた。

「もしかして、もう暗号、解《と》けたの？」

瑠香《るか》が聞くと、夢羽《むう》はキツネを見ながら答えた。

「たぶん……ね」

「ほ、ほんとにぃ!?」

瑠香《るか》は思わず大きな声をあげ、自分の声に驚《おどろ》いたようだった。

それほど境内《けいだい》は静かである。

銀杏《いちょう》が丘《おか》なら、どこの林でも競《きそ》うように鳴いているセミの声も聞こえない。

聞こえるとしたら、さっきからゴウゴウと吹《ふ》きつけてくる風の音とゆれる葉や悲鳴をあげる枝《えだ》の音だ。

その音のなかで、白いキツネたちが微動《びどう》だにせず並《なら》んでいるのだ。

夢羽《むう》は、キツネたちを順番に見ながら言った。

「この暗号は……たぶん、デジタル表示《ひょうじ》の数字を意味しているんだと思う」

「デジタル表示？」

小林《こばやし》が聞くと、夢羽《むう》は人差し指で空中に線を描《か》いた。

しかし、当然のことながら、誰《だれ》もそれが何を描《か》いたものなのかわからない。

夢羽《むう》はもう一度描いてみせた。

最初は左へ、次に下、続いて右、下、左。

一筆書きのように。

「方眼紙《ほうがんし》のマスに沿《そ》って書くように書いてみればすぐわかる。『5』になるから」

方眼紙？

元《げん》は頭のなかに五ミリ方眼を浮《う》かべ、描いてみた。

「ほ、ほんとだぁぁぁ！」

元《げん》も大声を出してしまい、パッと自分の口を両手でふさいだ。

「おおお、なるほどぉー！」

小林《こばやし》もわかったらしく、顔を輝《かがや》かせた。

「え？　何なに？」

わからない大木《おおき》と瑠香《るか》に、元《げん》はその辺に落ちていた枝《えだ》を使って地面に描《か》いてみせた。

それを見て、瑠香《るか》たちは「あぁぁ！」と声をあげた。

「そっかぁぁ。言われてみればわかるよね。でも、気づかないもん。なんで、夢羽《むう》はいつもパっと気づくんだろう……」

瑠香《るか》がしきりと感心する。

それは元《げん》も同じだった。

夢羽《むう》は瑠香《るか》たちにほめられ、「ま、そこからが問題なんだけどね」と、困《こま》ったように少しだけ笑ってみせた。

そのかわいらしいこと！

見たことはないけれど、妖精《ようせい》のようだなと元《げん》は思った。そして、こんな時になんてことを思ったんだ!?　と、むちゃくちゃ恥《は》ずかしくなった。

だが、思ってしまったのだから、もうどうしようもないわけで。

……と、ひとりで赤くなったり焦《あせ》ったりしていると、隣《となり》で大木《おおき》が不思議そうな顔をした。

「どうかしたのか？　元《げん》」

元《げん》は心から願った。

「頼《たの》む。そっとしといてくれ」

4

『←↓→↓←＝5』の謎《なぞ》が解《と》けた。

だとしても、それがなんなんだろう!?

その後は……？

夢羽《むう》もまだわからないようで、しきりと暗号文を読み返したり、神社を見渡《みわた》したりしている。

「うーん……ここに、何かがあるのは確《たし》かだと思うんだけどなぁ」

小林《こばやし》もあごに手をやり、考えこんだ。

隣《となり》で、大木《おおき》も同じようなポーズを取ったが、ぐうううぅぅ……とお腹《なか》が鳴って台無しである。

「ねぇねぇ、どういうことなの？　みんな何言ってんの？」

瑠香《るか》が元《げん》に小声で聞いた。

「だからさぁ、矢印の謎《なぞ》は解《と》けたかもしれないけど、だからどうなんだってことだよ」

元《げん》が答えると、ようやく納得《なっとく》したようで、

「そっかぁ、うんうん、そうだよね。わたしもそう思ってたんだ……」

と、深刻《しんこく》な顔でため息をついた。

本当にそう思ってたのかどうかはわからないが、とても恐《おそ》ろしくて、そんなことは聞けない。

えんとつ二本、キツネが見つめる。
←↓→↓←＝5

もう一度、あの暗号を思い出してみる。

元《げん》は、「キツネが見つめる」という言葉がどうしても引っかかっていた。

もちろん、「銭湯《せんとう》の煙突《えんとつ》二本を見つめる」という意味なんだろうけれど、本当にそれだけだろうか……？

次に、ズラっと並《なら》んだキツネたちを見てみた。

見事に同じ顔だ。

大中小、大きさはさまざまだが……きっと同じ型で造《つく》ったもんだろう。

陶器《とうき》だし、そんなに古くは見えない。

よく見ると、なかには欠けてしまっているものもある。耳が片方《かたほう》だけないものもあった。

他《ほか》に違《ちが》いはないだろうか……？

そうやってよくよく見ていると、向いている向きが違うキツネがあるのに気づいた。

全部正面向きかと思ったが、違う。

一番奥《おく》、左から二番目のキツネは右を向いている。次のキツネは正面向きだが、その次は左向きだ。そして、また正面向きで、次は右。

……そこまで考えた時、元《げん》の頭のなかで何かがスパークした。

「わかったぁぁ!!」

大きな声をあげたもんだから、みんなギョっとした顔で元《げん》を見た。

「茜崎《あかねざき》、キツネの向きじゃないか？　矢印!!」

と、そこまで言った時、夢羽《むう》の顔がパっと輝《かがや》いた。

「元《げん》、ビンゴだ!!」

そう言われ、元《げん》は胸《むね》の奥《おく》が一気にスーっとなる気がした。

強烈《きょうれつ》なミントキャンディを食べた時より、ずっと爽快《そうかい》だ。

ツリーハウスを荒《あ》らした犯人《はんにん》に間違《まちが》えられそうになったこと、本を取りにくる犯人を見張《みは》っていたのに居眠《いねむ》りをしてしまったことなど、穴《あな》があったら今でも入りたくなるようなことが一気にすっきりする。

こらえようと思うのに、ついつい顔がにやついてしまう。

「あ、あああ、そうか。なるほどな！　ちぇ、元《げん》に先に解《と》かれたな」

小林《こばやし》がくやしそうに言った。

「何よ、何よ、自分たちばかり」

瑠香《るか》と大木《おおき》はまだわからないから、不満そうな顔だ。

「つまりね……さっきの暗号の矢印、あれとキツネの向きが対応《たいおう》してるってわけ」

元《げん》の代わりに小林《こばやし》が説明した。

しかし、「対応」なんていう言葉を使うもんだから、よけいわからないようだ。

だから、元《げん》が付け加えた。

「キツネが左向いてれば、左矢印ってことで。正面向いてたら、下矢印。右向いてたら右矢印ってわけ」

そこまで聞いて、また実際《じっさい》にキツネを見て、ようやく瑠香《るか》と大木《おおき》はわかったらしい。

「なーるほどね！」

「じゃあ、えーっと……こう、こう……、→↓←↓→は、『2』だね？」

と、大木《おおき》。

「そうそう!!」

元《げん》が言うと、大木《おおき》は大喜びした。

「ねぇ、こっち。こっちのキツネも向きが違《ちが》うよ。あ！　わかった。この……大きなキツネが目印なんじゃない？　その間のキツネが暗号で」

瑠香《るか》が右の手前にあった、大きなキツネにはさまれた三体のキツネを指さした。

「本当だ！　そっちは→↓↓ってことは……」

と、頭のなかでデジタル文字を浮《う》かべてみる。

『7』だ！」

「『7』!!」

「『7』！」

「『7』だね」

夢羽《むう》以外、全員が同時に言った。

「他《ほか》にない？」

「うーん、ないな……」

「じゃあ、『27』か？」

8

「あるいは『72』か……」

「そっかそっか」

などと、みんなで推理《すいり》する。

学校の勉強もそうだが、こういうのは弾《はず》みというものが肝心《かんじん》だ。

一度糸口が見つかると、それが弾みとなって、どんどん進んでいくものだからだ。

だが、それもまたすぐ壁《かべ》に突《つ》き当たってしまった。

「その数字がなんなんだろう……？」

「『27』か『72』か」

「う――むぅ、何かのパスワードとか？」

「何の？」

「さぁ……」

さっきまでの勢《いきお》いはどこへやら。

みんなの顔にハテナマークがいっぱい浮《う》かんでいる。

もちろん、ただひとりを除《のぞ》いては……。

5

「夢羽《むう》はわかってるの？」

瑠香《るか》が聞いた。

彼女《かのじょ》が聞かなくても、全員聞きたかった。

夢羽《むう》は、少しだけ首を傾《かし》げた。

「……たぶん」

お!?

さっきもそうだったが、夢羽《むう》にしてはずいぶん弱気ではないか？

元《げん》の思いがわかったのか、彼女は続けた。

「こういうのは、相手の思考《しこう》パターンがわからないと正解《せいかい》かどうかはっきりしない。どうやら犯人《はんにん》は森亞亭《もりあてい》ではないようだね」

「え？　で、でも、さっきの足跡《あしあと》は……!?」

元《げん》が聞くと、彼女はうなずいた。

「そう。だから、彼《かれ》の思考《しこう》パターンで考えてみたんだが、彼にしては中途半端《ちゅうとはんぱ》なんだ。『27』か『72』かという問題は、ほぼ間違《まちが》いなく『27』だと思う。数字だとしたらね。でも、その後の詰《つ》めが甘《あま》い気がする。じゃあ、なぜそんな簡単《かんたん》な暗号をこんなふうに隠《かく》したのか。わたしをおびき出すためだとしても、どうにも中途半端だ。今までの彼なら、偶然《ぐうぜん》ではなく、確実《かくじつ》にわたしが目にするであろう場所に、手がかりを残すはずだからね」

ふうむ……そう言われてみればそうだ。

でも、じゃあ、こんなことするのは誰《だれ》なんだ⁉

すると、また瑠香《るか》が聞いた。

「ねぇねぇ、なんで『72』じゃなくて『27』なの？」

夢羽《むう》は答えた。

「だって、数字というのは普通《ふつう》左から読むからね。左にいるキツネたちが示《しめ》しているのは『2』で、右にいるキツネたちが示しているのは『7』。つまり、『27』だろう」

「そっかぁ……その『27』がなんなのかってわけね？　案外《あんがい》二十七番目のキツネに何か

隠《かく》してたりして」

と言い、ケラケラ笑ってみせた瑠香《るか》だったが、夢羽《むう》はまったく笑わなかった。

ジッと瑠香《るか》を見つめて言った。

「たぶん、わたしもそうだと思うよ」

そう言われ、瑠香《るか》はびっくりしすぎて、「ヒクッ!」とシャックリをした。

＊＊＊

キツネの数は見えているだけでも軽く五百を超《こ》えているようだ。

その二十七番目に何かが隠《かく》されているのではないか。

夢羽《むう》はそう言うのだ。

しかし、問題はそうそう簡単《かんたん》には解決《かいけつ》しなかった。

どこから数えて二十七番目なのかがわからなかったからだ。

「あ!　こっちにもあるよ!!」

境内《けいだい》の奥《おく》を指さし、瑠香《るか》が叫《さけ》ぶと、雑木林《ぞうきばやし》のようになったところを見ていた小林《こばやし》も大声で報告《ほうこく》した。

「だめだ。こっちの林のなかにもウジャウジャいるよ」

キツネの神様が聞いたら、罰《ばち》が当たりそうな言い方だ。

「とりあえず、適当《てきとう》に奥から数えてみる？」

と、大木《おおき》が言うが、元《げん》はきっとダメだろうと思った。

きっと何かはっきりした目標があるはずだ。

そんな時は、もう一度最初にもどること。

えんとつ二本、キツネが見つめる。
←↓→↓←＝5

元《げん》はまたあの暗号を思い出した。

う――むぅ……、今度はさっぱりだ。

でも、いったいなんなんだろう……？
まだ何か引っかかることがある。
元《げん》はもう一度境内《けいだい》を眺《なが》めた。
十以上のお堂が並《なら》んだ暗い境内に並ぶ、おびただしい数の白いキツネ……。
大木《おおき》、小林《こばやし》、瑠香《るか》はゆっくりとその辺を歩きながら見て回っている。
夢羽《むう》も同じように歩き回っていたが、あるお堂の前で立ち止まった。
その後ろ姿《すがた》を元《げん》がボーっと見ていると、彼女《かのじょ》がくるりと振《ふ》り返った。
長くやわらかな髪《かみ》が風をはらんで、ふわふわと空を泳ぐ。
元《げん》のほうからは逆光《ぎゃっこう》になっているため、表情《ひょうじょう》はわからなかったが、口元だけが見えた。
あきらかに笑っている。
わかったんだ!!

6

「このお堂の入り口に、古い書体《しょたい》で何か書いてあるだろう?」

夢羽《むう》はお堂の入り口を指さした。

お堂の入り口は観音開《かんのんびら》きの大きな扉《とびら》があり、その上のほうに、たしかに墨《すみ》で書かれた文字があった。

「これ、数字だと思う」

すると、眼鏡《めがね》の奥《おく》の瞳《ひとみ》を細めて見ていた小林《こばやし》がうなずいた。

「ほんとだ……ここのは『弐《に》』だし、そっちのは『参《さん》』だ」

「何、それ」

瑠香《るか》が聞くと、小林《こばやし》が答えた。

「数字を漢字で書くとこうなるんだよ」

「『二』じゃないの?『三』とか」

瑠香《るか》は指で横棒《よこぼう》を引いてみせると、小林《こばやし》が笑った。

「まぁ、そうだけどさ。古い書き方だと、そういうのもあるんだよ。『一』は『壱《いち》』だったかなぁ？　これは壱のお堂だ」

さすがにクラスで一番成績《せいせき》のいい小林《こばやし》だ。

元《げん》もそんな文字は初めて見た。

「こっちのお堂に『伍《ご》』とある。たぶん、このなかの左から数えて二十七番目だと思う」

夢羽《むう》はそう言うと、ひとつの小さなお堂の前に立った。

「なんで、それなんだ……？　それって、ああ！　もしかして」

元《げん》はその文字を見て、『伍』とは『五』のことだとわかった。

暗号にあったじゃないか!?　『←↓→↓←＝5』と。

そうか、あの暗号はすべて意味があったんだな。

意味がわからなかった瑠香《るか》と大木《おおき》も小林《こばやし》に解説《かいせつ》してもらい、納得《なっとく》した。

ようやく……である！

みんなドキドキと期待しすぎて、気持ち悪くなりそうだった。

実際《じっさい》、元《げん》は鼻息も荒《あら》く、手も震《ふる》えてしまい、困《こま》った。

「一、二、三、四、五……」

震える指先で数え、きっちり二十七番目。

小さなキツネも含《ふく》めて数えた。問題のキツネは、中くらいの大きさのもので、金色の目とヒゲをしていた。

「どうする？　持ち上げる？」

元《げん》が聞くと、夢羽《むう》は首を振《ふ》った。

そして、そのキツネに近づき、周囲を見回した。

首にかけられた赤いよだれかけをめくってみる。

夢羽《むう》はパっと顔を上げた。

「これだ！」

「え⁇」

「なになに⁇」

「何のこと？」

「……？」

元《げん》たちが体を乗り出し、首を伸《の》ばす。

彼女《かのじょ》は薄《うす》い生地の手袋《てぶくろ》をした。

指紋《しもん》が付くからだ！

元《げん》は考えた。みんなも同じことを考えたのだろうが、誰《だれ》も何も言わず、その手元だけを見ている。

夢羽《むう》はヒョイと小さな光るものを取ると、みんなに見せた。

雲の切れ間から太陽がちょうど顔を出したんだろう。

葉陰《はかげ》から差す木漏《こも》れ日が、その小さな光るものに反射《はんしゃ》した。


それは、何かの鍵《かぎ》だった。

グレーのキーホルダーが付いていて、「５０６」というナンバーが書いてあった。

「どこかのロッカーの鍵っぽいな」

小林《こばやし》が言う。

元《げん》も大木《おおき》もウンウンと首をたてに振《ふ》った。

「ロッカーって……駅のロッカーかな？」

瑠香《るか》が聞く。

「どこの駅？」

「ま、とりあえず……銀杏《いちょう》が丘《おか》とか？」

適当《てきとう》に元《げん》が答える。

ますます謎《なぞ》は深まっていく。

いったいこんなものを誰《だれ》が隠《かく》しておいたんだろう？

しかも、あんなこみいったやり方で。

みんなの頭のなかは、期待と不安でいっぱいになっていた。

それに、これはどこのロッカーの鍵《かぎ》で、なかには何が入っているんだろう？

よっぽど重大なものだ。

「何が入ってるんだろう……？」

瑠香《るか》も同じことを考えていたらしく、そうつぶやいた。

「よっぽど重要なものだろうな」

小林《こばやし》が言うと、瑠香《るか》が首を傾《かし》げた。

「お金とか!?　わかった！　銀行強盗《ごうとう》がお金を隠《かく》してるのよ!!」

「うーん、最近、銀行強盗の話は聞かないけどな」

「わかった！　死体とか！」

大木《おおき》が言うと、瑠香《るか》は大げさに悲鳴をあげ、なぜか元《げん》の背中《せなか》を思い切りたたいた。

「い、いてっ！　な、なんでオレなんだよ。だいたいロッカーに入らないだろ？　死体なんて」

すると、小林《こばやし》があごをなでながら言った。

「いやいや、そうは限《かぎ》らないぜ。ロッカーでもゴルフバッグが入るくらい大きなものだってあるしな。ふふふ、どうする？　ドアを開けて……死体が入ってたら」

幽霊《ゆうれい》話も苦手だが、死体はもっとイヤだ。

元《げん》はブルっと背筋《せすじ》を震《ふる》わせ、小林《こばやし》をにらんだ。

小林《こばやし》はおどけて両手をあげ、へらへら笑ってみせる。いつもの小林《こばやし》らしくない。彼《かれ》もけっこう緊張《きんちょう》しているようだ。

「どうする？」

元《げん》が聞くと、夢羽《むう》がその鍵《かぎ》をポケットに入れて言った。

「とりあえず行ってみよう。銀杏《いちょう》が丘《おか》の駅のロッカーでなかったら、あとは警察《けいさつ》に調べてもらうしかないけど」

「わ、わかった！」

みんな緊張《きんちょう》の面持《おもも》ちでうなずいた。

★真相

1

銀杏《いちょう》が丘《おか》の駅に元《げん》たちが着いたのは、ちょうど三時だった。

駅の広場にあるオルゴールが鳴り終わったところだ。

銀杏《いちょう》が丘《おか》は、ここ五年くらいの間に人口《じんこう》が増《ふ》え、駅の利用者も三倍から五倍に増えたと言われている。

そこで、近々、きれいな駅ビルを造《つく》るという話が持ち上がっているが、地元の商店街が反対しているとかいないとかで、なかなかできない。

もし、駅ビルができたら、図書館の入ったコミュニティセンターと動く歩道でつながる予定だった。

今はまだまだ工事も始まっていない状況《じょうきょう》だが。

駅前はロータリーになっていて、タクシー乗り場の横にバスステーションがある。

歩道には、銀杏《いちょう》の形になったタイルがところどころ使われている。銀杏の木も何本かあり、黒々とした木陰《こかげ》を作っている。そこにはベンチがあり、今はおじいさんが座《すわ》り、せわしげに白い扇子《せんす》をパタパタやっていた。

ロッカーはロータリーのほうの出入り口にもあるが、反対側の小さな出入り口のほうにもあった。

「506番があるのは、こっちだけだ！」

小さな出入り口のロッカーも見てきた元《げん》と小林《こばやし》が報告《ほうこく》した。

走ったので、息を切らしている。

「じゃあ、やっぱり……こっちなんだね」

瑠香《るか》が目の前のロッカーを見つめて言った。

506番のロッカーは普通《ふつう》の大きさだった。一回の使用料は200円と書いてある。

いよいよである！

図書館の本のビニールカバーに細工《さいく》をして暗号の紙を隠《かく》し、州子《すこ》神社のキツネにロッカーの鍵《かぎ》を隠《かく》した犯人《はんにん》は、いったい何をロッカーに入れたのか……?

その謎《なぞ》が今明らかになるのだ。

ふだんは冷静な夢羽《むう》も心なしかワクワクした顔をしている。

夢羽《むう》が鍵を差しこむ。

みんな、喉《のど》がカラカラだった。

生《なま》つばをゴクリと飲みこむ。

「ぴったりだ!」

夢羽《むう》が言うと、みんなハァァァッといっせいにため息をもらした。

しかし、さぁ、開けるぞという時に、

「あ、でもさ!! もし、爆弾《ばくだん》だったらどうする?」

大木《おおき》が不吉《ふきつ》なことを言い出した。

みんなギョっとした顔になる。

「そっか……うん、あるかも」

元《げん》は、うめくようにつぶやいた。

たしかにそういうテレビ番組も見たことがある。
ロッカーを開けるタイミングが爆弾《ばくだん》のスイッチと連動していて、いきなりドカン！
と来るやつだ。
「いやぁ、そんなのないだろ？」
小林《こばやし》が言う。
「そうよ、ないない！」
と、瑠香《るか》も言った。みんななかが見たいのだ。
そりゃ、元《げん》だって大木《おおき》だってそうだ。
ここまで来てお預《あず》けだなんて、駅の構内《こうない》を走り回っても気持ちはおさまらないだろう。
どうする？
どうしよう……？
元《げん》たちは顔を見合わす。
でも、夢羽《むう》はきっぱり言った。
「これが森亞亭《もりあてい》に関係している鍵《かぎ》だというのはわかっている。彼《かれ》自身が仕掛《しか》けたものではない気がするけど……でも、少なくとも彼、もしくはその関係者が関係したものであれば、駅構内《こうない》に爆弾《ばくだん》を仕掛《しか》けるなんていう物騒《ぶっそう》なことは決してしない。彼は悪党《あくとう》だが、人を傷《きず》つけるのはすごく嫌《きら》うからね」

「そっか。じゃあ、だいじょうぶだね」

ホっとして元《げん》が言うと、夢羽《むう》はうなずいた。

2

そして、改めてロッカーを見た。

手のなかの小さな鍵《かぎ》を時計《とけい》の針とは逆向《ぎゃくむ》きに回転させる。

カチリッ！

快《こころよ》い音が響《ひび》いた。

みんな顔を赤くしている。

元《げん》も心のなかで「やった！」と叫《さけ》んだ。

夢羽《むう》がゆっくり扉《とびら》を開くと、そこには黒い布袋《ぬのぶくろ》がひとつだけあった。

そんなに大きくはない。

手にのせられるくらいだ。

細いヒモでキュっとしめてある。

母親がクラシックのコンサートなどの時に着ていく黒いスカートの生地《きじ》に似《に》ていて、深い光沢《こうたく》のある少し厚《あつ》ぼったい生地だ。

とにかく、とりあえず爆弾《ばくだん》ではなさそうだ。

夢羽《むう》はその袋を無造作《むぞうさ》につかむと、ヒモをゆるめた。

みんな首を伸《の》ばし、頭を寄《よ》せ合って見ている。

袋を逆《さか》さまにし、手のひらに……その中身を受け止めたのだが……。


ほおぉぉぉぉ……っと、みんな大きなため息をついた。

かと思えば、次はすぅぅぅぅ……っと息を吸《す》いこむ。

そして、またほおぉぉぉ……っとため息。

それは、大きな大きな宝石《ほうせき》だった。

涙《なみだ》の形をしたブルーの宝石の周りに、キラキラと輝《かがや》く白いダイヤモンドが何十とついている。

それを見たとたん、元《げん》は大声で「あ！　知ってる‼」と叫《さけ》んでしまった。

「静かに！」

と、みんなに非難《ひなん》の目で見られ、口を両手でおさえた。

「ご、ごめん！　思わず……。これさ。『ファラオの涙《なみだ》』だよ。世界の至宝《しほう》だって！」

「あぁ！　もしかして、峰岸《みねぎし》さんが今、捜査《そうさ》してるっていう……？」

瑠香《るか》が聞いた。

午前中に図書館で会った時、たしかそういう話をしていた。

元《げん》は思いきり何度も首をたてに振《ふ》った。

「そうそう‼　それだよ。うわぁぁぁぁ、た、た、大変だよ、これ……」

声が震《ふる》えてしまう。

「や、やっぱり……その森亞亭《もりあてい》って男が盗《ぬす》んだのかな、ファラオの涙《なみだ》」

と聞く小林《こばやし》も興奮《こうふん》しているのか、少し声が震《ふる》えている。

夢羽《むう》は首を傾《かし》げた。

「主犯《しゅはん》は彼《かれ》だろうけど、ここに隠《かく》したのは違《ちが》う人物だね。もしかしたら、誰《だれ》か他《ほか》の人物が横取りしようとしたのかも」

「なぜ?」

瑠香《るか》が聞くと、夢羽《むう》は『ファラオの涙』を袋《ふくろ》にもどしながら言った。

「だって、森亞亭《もりあてい》だったら、こんな駅構内《こうない》のロッカーに世界的な至宝《しほう》を隠したりしないからね。うまく説明できないけど。とにかく、……らしくない」

森亞亭《もりあてい》は、夢羽《むう》にある意味、認《みと》められているんだなと元《げん》は思った。

「で、どうする……?」

と、さらに聞く瑠香《るか》に夢羽《むう》は言った。

「瑠香《るか》、峰岸《みねぎし》さんに電話してくれ」

瑠香《るか》の喜ぶことといったら、あきれるほどだった。

顔中、笑顔《えがお》。携帯《けいたい》を操作《そうさ》するのももどかしいようすで、携帯を耳にあてる。

「峰岸《みねぎし》さん、だいたい留守録《るすろく》にしてるんだよなぁ！」

と、イライラ、体をゆすった。

って！

どれくらいかけてるんだよ、現職《げんしょく》の刑事《けいじ》に!!

元《げん》は心底あきれて、ものが言えなかった。ずうずうしすぎる！

幸《さいわ》い、その時は留守録ではなかったらしい。しばらくして、峰岸《みねぎし》が出た。

「あ、峰岸《みねぎし》さん!?　大変です。峰岸《みねぎし》さんが探《さが》してたものがここにあるんです！」

3

警察署《けいさつしょ》は駅の近くにある。

ちょうど峰岸《みねぎし》も署で調べ物をしているところだったから、すぐにやってきた。

白いシャツの袖《そで》をめくりあげ、薄《うす》いグレーのネクタイをゆるめている。

そんなラフな格好《かっこう》が決まっていて、カッコイイ。

「どういうこと？」

彼《かれ》はタッタッタっと小走りにやってくるなり、瑠香《るか》や元《げん》たちに聞いた。

夢羽《むう》は黙《だま》って彼に黒い布袋《ぬのぶくろ》を差し出した。

峰岸《みねぎし》は息を整え、その袋を受け取った。

そして、中身を確認《かくにん》するなり、息をのんだ。

「な、なぜ……これが……!?」

「やっぱり本物ですか？」

元《げん》が聞くと、峰岸《みねぎし》は一度うなずいて、次に首を傾《かし》げた。

「たぶん、そうだとは思うけど……まぁ、もしかしたらよくできたレプリカ（模造品《もぞうひん》）かもしれない。とにかく預《あず》かって、調べてみるよ。で、なぜこれがここにあったのか、それをくわしく話してくれるかい？」

元《げん》たちは、短い間にあったいろんなことを思い出し、遠い目になった。

これを説明するのは、けっこう大変だぞ……と思った時だった。

いきなり後ろから峰岸《みねぎし》に誰《だれ》かがドンっと体当たり。

「うわっ！」

峰岸《みねぎし》が体勢《たいせい》を崩《くず》したその時、彼《かれ》の手から布袋《ぬのぶくろ》を強引に奪《うば》った男がいた。

キャップをかぶり、黒いスーツを着た背《せ》の低い男で、州子《すこ》神社で見かけた男によく似《に》ていた。

男は布袋をギュっと手に握《にぎ》りしめ、走り出した。

「あ!!」

「わぁ！　ま、待て！！！」

しかし、「待て」と言われて待つ犯人《はんにん》などいない。

男は必死に走って逃《に》げた。

「くそっ！」

峰岸《みねぎし》がその後を追いかける。

元《げん》たちも走って追いかけた。すると、峰岸《みねぎし》が顔を引きつらせて言った。

「君たちはいいから！　ここはぼくに任《まか》せて……！」

しかし、任せられる雰囲気《ふんいき》ではない。

「あっちに逃《に》げたぞ!!」

小林《こばやし》が叫《さけ》ぶ。

駅の構内《こうない》を走る男は当然すごく目立つ。

他の人たちは何事かと目を丸くし、立ち止まって見ている。その間を小柄《こがら》な男は器用《きよう》にすりぬけていく。

「ピピ、ピピ、ピー!!」

笛《ふえ》の音。駅の交番から、お巡《まわ》りさんが援軍《えんぐん》にやってきたのだ。

行く手をはばまれ、立ち往生《おうじょう》した男に峰岸《みねぎし》が追いつきそうになった時だ。

駅構内の太い柱の陰《かげ》から、今度はヒョロっとのっぽの男が現れた。

彼も黒いスーツにキャップ。

小柄な男は黒い布袋《ぬのぶくろ》を背《せ》の高い男に投げた。片手でそれをキャッチした背の高い男が改札に向かって走り出した。

そして、改札をヒラリと飛び越《こ》えてしまったのである！

「待て！」

峰岸《みねぎし》も同じように改札を飛び越える。

「きゃぁ！」

その場にいた女性客《じょせいきゃく》が黄色い悲鳴をあげた。

ピピピピピピピ……!!

駅のホームから発車のベルが鳴り始めた。

わ、わ、わ!!　まずい！　男だけ電車に乗ってしまったら!!

その時だ。


ヒュンっ!!


夢羽《むう》が何か重そうなものを投げた。

くるくるくるっと回転し、放物線《ほうぶつせん》を描《えが》いて犯人《はんにん》の後頭部に当たった。

彼女《かのじょ》がいつも持っているシステム手帳だ！

男は階段《かいだん》をかけ上がろうとしているところだった。

「ぎゃっ！」

前のめりに倒《たお》れ、階段から転がり落ちる。と、同時にその胸元《むなもと》から一冊《さつ》の本も転《ころ》がり出た。

黒い布袋《ぬのぶくろ》が手元からこぼれる。

うつぶせに転んだままの姿勢《しせい》でにじりより、男は必死に布袋をつかもうとした。

しかし、その手首を峰岸《みねぎし》がひねり上げる。

「これまでだっ！」

峰岸《みねぎし》の声が駅構内《こうない》に響《ひび》いた。

激《はげ》しく抵抗《ていこう》していた男も、その声を聞き、力をなくした。

ゆっくりと幕《まく》が下りてくるように、その顔にあきらめの表情《ひょうじょう》が浮《う》かんだ。

後ろから追いかけてきていた元《げん》たちは、ハァハァと荒《あら》い息を肩《かた》でつき、峰岸《みねぎし》が布袋を拾《ひろ》い、男を立たせるのを見ていた。

その後ろからは、お巡《まわ》りさんたちに連《つ》れられ、小柄《こがら》な男もすっかりしょげ返ったようすでやってきた。

キャップを深くかぶっているので顔は見えないが、州子《すこ》神社で見かけた男に間違《まちが》いない。

彼《かれ》は元《げん》や夢羽《むう》たちをチラっとも見ない。

いつも見ているテレビ番組『スパイ凸凹《でこぼこ》大作戦』のハロルドとスティーブにそっくりだなぁと元《げん》は思った。

「君たち、悪いがこれから事情《じじょう》を聞かせてくれ。いいね？」

峰岸《みねぎし》に言われ、元《げん》たちはうなずいた。

その時、駅のホームから涼《すず》しい風が駅構内《こうない》に吹《ふ》き抜《ぬ》けていき、夢羽《むう》の髪《かみ》をふわりと逆立《さかだ》てた。

峰岸《みねぎし》は落ちていた彼女《かのじょ》のシステム手帳と、背《せ》が高いほうの男が落とした本を拾《ひろ》い上《あ》げた。

システム手帳を夢羽《むう》に渡しながら、峰岸《みねぎし》は言った。

「君はまったくスーパーマンのようだね。スーパー小学生だ」

でも、夢羽《むう》はその呼《よ》び名が気に入らなかったようで、にこりともせずにシステム手帳を受け取った。

そして、本を指さして言った。

「その本、わたしが図書館で借りたものだから、用事がすんだら返してください」

峰岸《みねぎし》は驚《おどろ》いて、本を見た。

例の『銀杏《いちょう》が丘《おか》の歴史《れきし》』だった。

「ああ、そうか。わかったよ。用が終わったら、ぼくのほうから図書館にもどしておこう。それでいいかな？」

夢羽《むう》はにっこり笑ってうなずいた。

「もちろんです」

4

「スーパー小学生だって。だっさぁい！」

瑠香《るか》は鼻の頭にシワをよせ、ケラケラ笑った。

「峰岸《みねぎし》さんってカッコイイのに、そういうとこ、妙《みょう》にイケてないんだよねー！」

彼《かれ》が聞いていたら、思わずブッと吹《ふ》き出してしまいそうだ。

銀杏《いちょう》が丘《おか》駅での大捕《おおと》り物が終わり、警察署《けいさつしょ》で事《じ》情《じょう》聴取《ちょうしゅ》が行われ、結局、元《げん》たちは夕方まで帰ることができなかった。

でも、帰りはちゃんとパトカーで送ってもらったので、親たちは目をまん丸にして出《で》迎《むか》えたのである。

そして、翌日《よくじつ》のこと。

メチャクチャになったツリーハウスをもう一度きれいにしようということになり、みんなで集まった。

とはいっても、最初からそれほどたくさんのものがあるわけではない。

散乱《さんらん》した荷物を元通りにし、汚《きたな》くなった床《ゆか》を掃《は》き、ひっくり返されたカラーボックスを元通りにすればそれで終わった。

カブトムシのダイジロウは何もされていなかったので、元気に虫かごを登っている。

「ま、こんなもんじゃない？」

瑠香《るか》がそう言うと、ツリーハウスの端《はし》に腰《こし》かけた。

そこは小さなベランダのようになっていて、足をぶらんとたらすことができるのだ。

「いやぁ、驚《おどろ》いたよねぇ！　まさかロッカーに『ファラオの涙《なみだ》』があるなんて。びっくりしたぁ！」

すると、小林《こばやし》がカバンのなかから新聞を出した。

「ほら、ちゃんと載《の》ってるよ。オレたちのことは伏《ふ》せてあるけど、銀杏《いちょう》が丘《おか》の駅構内《こうない》ロッカーで『ファラオの涙』が発見されたって。鑑定《かんてい》したら、本物だったたってさ」

「へえぇぇ！　いやぁ、なんかいまだに信じられないよ」

大木《おおき》はツリーハウスの下に置かれた椅子《いす》に座《すわ》り、ムシャムシャとアンパンを頬張《ほおば》りながら言った。

「茜崎《あかねざき》、どうかしたの？」

さっきから黙《だま》って、紙を見ていた夢《む》羽《う》に元《げん》が聞いた。

夢《む》羽《う》は、ツリーハウスの横に張《は》った木の枝《えだ》に腰《こし》かけている。

「あ、ああ……これ」

そう言って、ツリーハウスにいる元《げん》に見せた。

どれどれ……と、のぞきこむ。

それは手紙らしく、小さな四角《しかく》張《ば》った字が並《なら》んでいる。

「手紙？」

「そう。森亞亭《もりあてい》かららしい」

「ええ⁇　森亞亭《もりあてい》⁉」

元《げん》が聞くと、瑠香《るか》や小林《こばやし》も顔を上げた。

「なになに⁉　何、言ってきたのぉ⁉」

「えっと……」

どうしようかと元《げん》が夢《む》羽《う》を見ると、彼女《かのじょ》は代わりに読んでくれていいというようにうなずいた。

『敬愛《けいあい》するミス・ホームズへ

今回はふがいない部下たちのために、大変な迷惑《めいわく》をかけてしまいました。申《もう》し訳《わけ》なく思っています。

ふたりは、『ファラオの涙《なみだ》』の魅力《みりょく》にとりつかれ、自分たちだけのものにしようと思ったようです。

まぁ、それはわたしも同じなので、人のことはとやかく言えないのですが（笑）。

それにしても、駅のロッカーに隠《かく》し、その鍵《かぎ》を州子《すこ》神社のキツネに隠《かく》しておくとは……。

しかも、わたしに見つからないようにと、あんな子供《こども》じみた暗号を使うとは！

世界的な至宝《しほう》をなんと考えているのかと、昨日《きのう》やつらをしっかり叱《しか》っておきましたので、ご容赦《ようしゃ》ください。

君たちが早くに解決《かいけつ》してくれて、大変助かりました。

ワトソン君《くん》にもよろしく言っておいてください。

では、またどこかで。

M』

「こ、これ、どうしたの？」

瑠香《るか》が聞くと、夢羽《むう》は肩《かた》をすくめた。

「ラムセスがくわえて持ってきた」

「ラムセスが!?」

「ん、まぁ、彼《かれ》がどこから持ってきたのかはわからないけどね」

「へぇぇえ。ミス・ホームズって夢羽《むう》のことでしょ。じゃあ、このワトソン君って誰《だれ》？」

瑠香《るか》に言われ、元は耳までまっ赤になった。

以前、一度だけ森亜亭《もりあてい》に会った時、彼から言われたことがある。だから、この「ワトソン君《くん》」とは元《げん》のことだろう。

元《げん》は、話題《わだい》を変えようと必死に取りつくろった。

「それにしても、森亞亭《もりあてい》が知らなかったとはな。茜崎《あかねざき》の言ってた通りだ。……あ、あれ？　でも、昨日《きのう》しっかり叱《しか》っておきましたってことは……？　捕《つか》まってるんじゃないの？」

「ま、まさか……」

「ちょ、ちょっと聞いてみる!!」

瑠香《るか》は携帯《けいたい》を取り出した。

リダイヤルしてかかったのは、峰岸《みねぎし》の携帯だった。

「あ、峰岸《みねぎし》さん⁇　あの、もしかして……昨日の犯人《はんにん》、逃《に》がしちゃいました？」

瑠香《るか》が聞くと、峰岸《みねぎし》はものすごく驚《おどろ》いたらしい。

「ど、ど、どうしてそれを知ってるの⁉　今、署《しょ》は大変なんだから……!!」

そばに誰《だれ》かいるらしく、峰岸《みねぎし》は小声で言った。

「それがですねぇ……」

瑠香《るか》がことのあらましを説明すると、すぐ行くからその手紙を見せてくれと言った。

「ねぇ、夢羽《むう》。その手紙を見せてくれって」

瑠香《るか》が夢羽《むう》に言う。しかし、夢羽《むう》は首を左右に振《ふ》った。

「もうないって言ってくれ」

「え？　どういうこと？」

「ほら……！」

夢羽《むう》が両手を広げてみせた。

そこには、小さく消し炭のようになった灰色《はいいろ》の塊《かたまり》があるだけだった。

「そ、それ、さっきの手紙⁉」

「そう。どうやら広げてしばらくすると、消えてしまう仕掛《しか》けになっていたようだ」

「ひぇぇぇぇ‼」

5

それでも、峰岸《みねぎし》は大あわてでやってきた。

今日《きょう》は薄《うす》いベージュのズボンに、水色のワイシャツ姿《すがた》だ。白いハンカチで汗《あせ》をぬぐい、ツリーハウスにいる元《げん》たちを見上げた。

「悪いけど、もう一度話を聞かせてくれるかな」

「いいですよ！」

元《げん》たちが彼《かれ》を見下ろし、返事をした時、赤いスイカをズラリと並《なら》べたお盆《ぼん》を持って、塔子《とうこ》がやってきた。

そして、峰岸《みねぎし》を見るなり、ハイトーンボイスで歓迎《かんげい》した。

「オォー！　ナイスガイね。いらっしゃい！　ユウもスイカ食べマスか？」

「い、いやぁ……そうもゆっくりしてられないんで」

峰岸《みねぎし》が後ろ頭をかく。

しかし、夢羽《むう》が楽しそうに彼を見下ろして言った。

「でも、証拠《しょうこ》の手紙は消えてしまったし、森亜亭《もりあてい》も手下たちも逃《に》げた後だし。肝心《かんじん》の宝石《せき》は元《もと》にもどったわけだから、ゆっくりスイカでも食べれば？」

「はぁぁぁ……」

峰岸《みねぎし》はがっくりと肩《かた》を落とした。

「まぁ、そうなんだよなぁ……」

しかたなく、庭石の上に腰《こし》かけた。

大木《おおき》がスイカを受け取り、木の上のみんなにパスしていく。

ガブリ。

三角に切り分けられたスイカの頂点《ちょうてん》にかじりつく。口のなかにひなたくさい甘《あま》みが広がり、水分が滴《したた》り落ちた。

今年《ことし》はスイカの当たり年らしい。

口のなかに残った堅《かた》い種を舌先《したさき》でより分けながら元《げん》は思った。

プップップッ。

ツリーハウスの上から、種を飛ばす。

「いいねぇ、ツリーハウスか。オレも子供《こども》の頃《ころ》に作ったたな、秘密基地《ひみつきち》」

同じくスイカにかぶりついていた峰岸《みねぎし》が言った。

「へぇー、そうなんだ」

瑠香《るか》が言うと、彼《かれ》はウンウンとうなずいた。

「ま、そんなに立派《りっぱ》なもんじゃなかったけどね。がらくた使ってね」

子供の頃の峰岸《みねぎし》って、どんなだったんだろう?

今と同じで、かっこよく女の子にモテてたんだろうか。

案外《あんがい》、バカ田《ダ》トリオみたいだったりして。

元《げん》はふとそう思った。

「あ、そういえば……猿《さる》はどうなったんですか?」

瑠香《るか》が聞くと、峰岸《みねぎし》が苦笑した。

「いちおう、三匹《びき》は捕《つか》まったんだけどね。残る一匹がまだなんだよ」

「峰岸《みねぎし》さんの車はどうなったんですか? 新車だったんでしょ?」

「ああ、だいじょうぶ。猿の足跡《あしあと》と毛だらけになったけど、洗車《せんしゃ》したら元《もと》にもどったよ」

「へぇー、そうなんだぁ」

と、その時、静かにスイカを食べていた夢羽《むう》が顔を上げた。

「そういえば……ここを荒《あ》らした犯人《はんにん》、わかったよ」

「ええ⁇ やっぱりあの森亜亭《もりあてい》の手下たち？」

瑠香《るか》が驚《おどろ》いて、夢羽《むう》を見る。

しかし、夢羽《むう》は首を左右に振《ふ》った。

「いや、そうじゃない。図書館員のふりをして、電話をかけてきたんだからね。彼《かれ》らのはずがない。森亜亭《もりあてい》の手紙にもそれはふれてなかったし」

「じゃあ、誰《だれ》なの？」

みんなも夢羽《むう》を注目した。

彼女《かのじょ》は小さな鉢植《はちう》えを指さした。

「……、つまり、このハエトリ草のトゲにオレンジ色の毛がついてたんだ。たぶん、犯人がイタズラした時、はさんだんだと思う」

「…………⁇」

オレンジ色の毛!?

みんな顔を見合わせた。

元《げん》が見てみると、たしかにハエトリ草の開いた二枚貝《まいがい》みたいなところにあるトゲに、黄色っぽいオレンジ色の毛がたくさんくっついていた。

「オレンジ色の毛って……。ねぇ、峰岸《みねぎし》さん！　その猿《さる》って何色なんですか？」

瑠香《るか》が聞くと、再《ふたた》びスイカにかじりついていた峰岸《みねぎし》が答えた。

「赤っぽい黄色だよ？」

「赤っぽい黄色っていうと……」

大木《おおき》が言いかけ、

「オレンジ色だよなぁ？」

と、小林《こばやし》が続きを言った。

「じゃあ、なんだ。ここを荒《あ》らしたのって、その猿だったわけ？」

瑠香《るか》が大声をあげた時、何かが木をかけのぼってきた。

「きゃあぁあああぁあ!!」

「うわ、うわぁぁぁ！」

「ひぇっ！」

みんな立ち上がり、大パニック。

「ふぎゃぁぁぁぁ!!」

「キィイイ、イッ、キイイ!!」

せっかく片付《かたづ》けたばかりのツリーハウスのなかで二匹《ひき》の動物がとっくみあいを始めたではないか。

「ラムセス！　マムヌーア!!」

いつもは静かな夢羽《むう》だったが、こういう時は非常《ひじょう》に通る声をしている。

鋭《するど》くそれだけを言うと、やっと片方《かたほう》だけが静かになった。

騒《さわ》ぎの犯人《はんにん》は、ラムセスともう一匹だった。

元《げん》たちには何を言ったのかわからなかったが、ラムセスはエジプト生まれだからアラビア語じゃないとダメなんだと前に言っていたことがあるから、もしかするとアラビア語かもしれない。

ラムセスが不本意《ふほんい》な顔をして、夢羽《むう》を見上げている。

（なぜ止めるんですか？　せっかく犯人《はんにん》を捕《つか》まえているのに）

と、そんな顔だ。

そう。もう一匹というのが、たった今、話していた猿《さる》だったのだ!!

小さな丸い顔、全身うすいオレンジ色で、顔やおなかはうすい黄色だ。

黒々とした丸いボタンのような光る目で、みんなを見ていたかと思うと、ツリーハウスから脱出《だっしゅつ》し、ヒョイヒョイと身軽に木を登り始めた。

「ああ！」

「猿だ！　逃《に》げるぞ」

「ええ？」

峰岸《みねぎし》もスイカを置いて立ち上がった。

「わぁー、大変。逃げるよぉ！」

瑠香《るか》が叫《さけ》ぶ。

猿は下の騒《さわ》ぎを小馬鹿《こばか》にしたように見下ろし、枝《えだ》から枝へと移《うつ》っていく。

それを見た夢羽《むう》は、ラムセスに言った。

「ラムセス、タイエブ！」

何と言われたのかわからないが、そう言われたラムセスは待ってました！　とばかりに、猿《さる》を追いかけ始めた。

そして、またたく間に木の上に追いつめ、猿が別の木に飛び移ろうとした瞬間《しゅんかん》、その首にかみついた。

キイキイと猿が大げさに悲鳴をあげる。

「わあ！　た、大変。ラムセス、怪我《けが》させちゃだめよ！」

瑠香《るか》が言うと、夢羽《むう》が笑った。

「だいじょうぶ。彼《かれ》はそんなことしない」

彼女《かのじょ》の言った通り、ほどなく、無傷《むきず》の猿がラムセスに追い立てられ、下に降《お》りてきた。

猿はすっかり観念し、お縄《なわ》をちょうだいするばかりになっている。

よっぽどラムセスが恐《おそ》ろしかったんだろう。

目を伏《ふ》せ、ラムセスを見ないよう見ないようにしているのがおかしかった。

ラムセスのほうは、(ふん、これくらいにしてやるよ)というように、斜《なな》め上から見下ろしている。

「いやぁ、すごいなぁ」

峰岸《みねぎし》はそう言って、猿《さる》を捕《つか》まえようとした時だ。
「あ!! 峰岸《みねぎし》さーん、猿、捕まえてくださいｰ!!」
と、声がして、内田薫《うちだかおる》が走ってやってきた。
彼女《かのじょ》は大きなオリとアミを持っていた。

6

峰岸《みねぎし》と内田《うちだ》が無事猿を保護《ほご》し、帰って

いった後、元《げん》たちは散々な状態《じょうたい》のツリーハウスを見た。

カラーボックスがひっくり返り、本やさっき食べていたスイカ、その皿などが散乱《さんらん》している。

「あぁーああ、またかよぉ！」

元《げん》がため息をつく。

「まぁまぁ、みんなで片付《かたづ》ければすぐだよ、すぐ！」

小林《こばやし》が笑いながら、散らかった本やひっくり返されたカラーボックスを元通りにしていた。

「ま、そうだよな……」

と、元《げん》も手伝《てつだ》おうとして、手を止めた。

「あ、大変だ！」

「え？　どうかしたの？　また何かあった？」

瑠香《るか》が聞く。

「いや……ダイジロウを入れてた虫かごのフタが開いてる……」

裏山《うらやま》で捕《つか》まえたカブトムシ、ダイジロウ。

それを入れておいた虫かごがさっきの騒《さわ》ぎで吹《ふ》っ飛《と》ばされ、その拍子《ひょうし》にフタが開いてしまったんだろう。

なかにはダイジロウの姿《すがた》がなかった。

「逃《に》げたんだな。どこだ⁇」

小林《こばやし》があちこちをひっくり返し、捜《さが》し始《はじ》める。

「どうしたんだぁ？」

木の下から大木《おおき》が声をかける。

「ダイジロウが逃げたんだ。そっちにいないか？」

小林《こばやし》が答えると、元《げん》が言った。

「いや……いいよ、もう」

「え？」

驚《おどろ》く小林《こばやし》。

瑠香《るか》も夢羽《むう》も元《げん》を見た。

元《げん》は少しだけ笑った。

「ダイジロウにとっては一回こっきりの大切な夏だもんな」

そう言って、見上げた空はまっ青《さお》で。

今日《きょう》もジリジリと暑い。

白い入道雲がムクムク空にわき、セミたちが大合唱中だった。

おわり

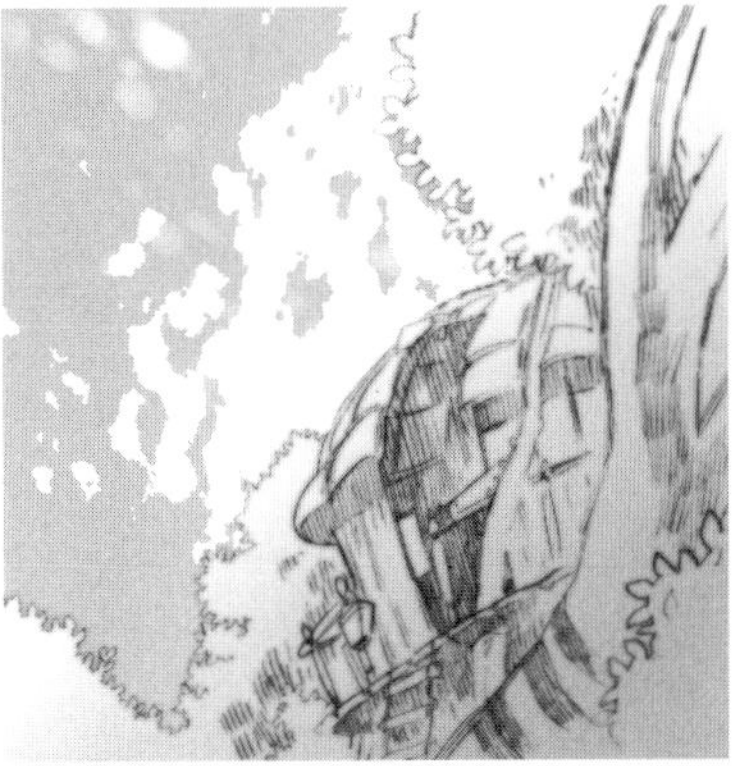

IQ《アイキュー》探偵《たんてい》ムー

キャラクターファイル

IQ《アイキュー》探偵《たんてい》ムー

キャラクターファイル

#19

名前《なまえ》………内《うち》田《だ》薫《かおる》
年《とし》…………23歳《さい》
職業《しょくぎょう》………警官《けいかん》
家族構成《かぞくこうせい》…父《ちち》／浩一《こういち》　母《はは》／由貴《ゆき》
外見《がいけん》………ふわっとしたショートカットに切《き》れ長《なが》の目《め》、キュートな唇《くちびる》。
背《せ》はスラっとしていて、かっこいい。
性格《せいかく》………いつも元気《げんき》でチャーミング。峰岸《みねぎし》を慕《した》っている。

あとがき

※2007年11月当時のものです。

こんにちは。

『秘密基地大作戦《ひみつきち》』いかがだったでしょうか⁉

夏休みというのは、いいですね。

特に、小学生の頃《ころ》の夏休みは特別です！　ジトジト暑くたって、なんだって。日に焼けたって、少々お腹《なか》をこわして寝《ね》こんだって。

冷たい麦茶をごくごく飲んで、走っていく時に、お腹がチャポンチャポンいって、それがおかしかったもんです。

スイカを皮の際《きわ》まで食べて、母に「みっともない！」と怒《おこ》られたり。

十カ所以上、蚊《か》に刺《さ》され、ボコボコの足になったり。

それでもなんでも、楽しかったです。

だから、だんだんと終わりが近づいてくると、もの悲しい気分になったものです。

さて、上巻《じょうかん》に、「ふたり大貧民《だいひんみん》」の話が出てきます。上巻の巻末に、その遊び方を付けました。

単純《たんじゅん》なんですが、けっこう面白《おもしろ》いんです。別にふたりじゃなくたって、三人でもOK。人数が少ない時に試《ため》してみてください。

うちでは娘《むすめ》と、へたしたら延々《えんえん》何時間もやっています。

わたしのゲーム好きは子供《こども》の頃《ころ》からです。コンピュータゲームもいいですが、トランプやボードゲームなども楽しいですよ。

わたしは子供の頃から、家族でよくゲームをやりました。

父がわざわざ賞品を用意してくれたり、母がチップ代わりにキラキラ光る五円玉をいっぱい用意したり。

そんなことがとてもいい思い出になっていたんですが……すごくショックなことに、この前その話をしたら、父が覚えてないと言うのです。

何か勘違《かんちが》いしてるんじゃないかとまで。

えーん、そんなことないです。「忘却《ぼうきゃく》とは忘《わす》れ去《さ》ることなり」。ああぁ、悲しいなぁ。

まぁ、でもね。父がいくら忘れても、わたしの心にはしっかり残っていますからいいんです。

今、作家の仕事をしているのも、ゲームのおかげです。

ゲーム雑誌《ざっし》で、新作ゲームを紹介《しょうかい》するアルバイトをしていたのがそもそもの発端《ほったん》ですから。

当時、一緒《いっしょ》に仕事をしていた編集《へんしゅう》さんから、「ふぁず、小説を書いてみない?」と言われたのがキッカケでした。

その編集さんが、今も一緒に仕事をし、プライベートでも一番の友達《ともだち》(もう本当の姉みたいだな)である石川《いしかわ》さんです。最近は朝早い会議にヒーヒー言っています。そのせいか体調をこわし、もの忘《わす》れもますますひどく……あーいやいや、なんでもありません!

彼女《かのじょ》と初めて作った本が、『フォーチュン・クエスト』。今回ポプラポケット文庫から装《よそお》いも新《あら》たに出版されました。

もちろん、この『IQ探偵《たんてい》ムー』もそうです。

皆《みな》さんからいただくお手紙の中には、「自分も小説家になりたい!」という内容《ないよう》のものが多いです。「どうやって作家になったんですか?」という質問《しつもん》とかね。

また、何かのあとがきでくわしく書きますが、とにかく「書きたい」という気持ちや何かものを最初から「作りたい」という気持ちの強さだと思います。

わたしは飽《あ》きっぽく、すぐ興味《きょうみ》が他《ほか》に移《うつ》ってしまうところがあるんですが、小説を書くこと、何かを作る情熱だけは変わらないですね。

たぶん、おばあちゃんになっても、新しいものが書きたいし作りたいんだと思います。

きっと石川さんと家内制手工業で本を作っているんじゃないでしょうか？

というわけで、また近いうちにお会いしましょうね！

なかなかお返事、書けないでいますが、全部ちゃんと読んでいますから、お手紙もください。よろしくね！

深沢美潮《ふかざわみしお》

深沢美潮《ふかざわみしお》

武蔵野美術大学造形学科卒業。コピーライターを経て作家になる。主な著作は「フォーチュン・クエスト」シリーズ、「デュアン・サーク」シリーズ（共に電撃文庫）、「ポケットドラゴンの冒険」シリーズ（集英社みらい文庫）、『魔女っ子バレリーナ☆梨子』（角川つばさ文庫）、『女優のたまごは寝坊する。』（早川書房）など多数。なお、「フォーチュン・クエスト」シリーズ１～８は、ポプラポケット文庫でも発売中。ＳＦ作家クラブ会員。みずがめ座。好きな言葉は「今からでもおそくない！」。

山田《やまだ》Ｊ《じぇい》太《た》

１／26生まれのみずがめ座。O型。漫画家兼イラストレーター。猫と旅行と古いものと新しいものが好き。主な漫画作品は、「マジナ！」シリーズ（アスキー・メディアワークス）、「蒼界のイヴ」シリーズ、「王様ゲーム 起源」シリーズ（共に双葉社）、「UN-GO 敗戦探偵・結城新十郎」シリーズ（角川書店）、「異能メイズ」シリーズ（スクウェア・エニックス）など多数。

IQ探偵シリーズ⑪
IQ探偵ムー 秘密基地大作戦〈下〉

2008年3月 初版発行
2019年3月 第6刷

著者 深沢美潮《ふかざわみしお》

発行人 長谷川 均

発行所 株式会社ポプラ社
〒102-8519 東京都千代田区麹町4-2-6 8・9F
［編集］TEL:03-5877-8108 ［営業］TEL:03-5877-8109
URL www.poplar.co.jp

イラスト 山田J太
装丁 荻窪裕司（bee's knees）
DTP 株式会社東海創芸
編集協力 鈴木裕子（アイナレイ）

印刷・製本 大日本印刷株式会社

ISBN978-4-591-10165-0 N.D.C.913 159p 18cm
Printed in Japan

本書は、2007年11月にジャイブより刊行されたカラフル文庫を改稿したものです。

P4037011